谢啸实 著

恋恋欧洲

中国商业出版社

图书在版编目（CIP）数据

恋恋欧洲 / 谢啸实著． -- 北京：中国商业出版社，2016.5
　　ISBN 978-7-5044-9389-7

Ⅰ．①恋… Ⅱ．①谢… Ⅲ．①游记－作品集－中国－当代 Ⅳ．①I267.4

中国版本图书馆CIP数据核字(2016)第071763号

责任编辑：孙锦萍

中国商业出版社出版发行
(100053 北京广安门内报国寺1号)
010-63180647　www.c-cbook.com
新华书店总店北京发行所经销
北京振兴华印刷有限公司印制
*
787×1092 毫米　1/16开　8印张　200千字
2016年5月第1版　2016年5月第1次印刷
定价：58.00元
*　*　*
(如有印装质量问题可更换)

献给：
我所见的
和记忆中的
美好的欧洲

目录

德国
- 柏林　　　003
- 莱比锡　　010
- 耶拿　　　013
- 纽伦堡　　017

波兰
- 弗罗兹瓦夫　025
- 格但斯克　　027
- 华沙　　　　032
- 克拉科夫　　035

捷克　　　布拉格　　　049

斯洛伐克　符拉迪斯拉法　063

匈牙利　　布达佩斯　　069

法国
- 巴黎　　　079
- 布列塔尼　095
- 普罗旺斯　105

荷兰
- 阿姆斯特丹　115
- 海牙　　　　119

立陶宛	维尔纽斯	123
拉脱维亚	里加	129
爱沙尼亚	塔林	137

丹麦	哥本哈根	141
	奥尔堡	145

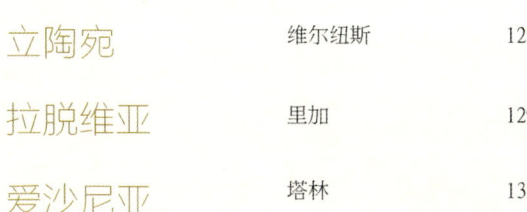

意大利	巴勒莫	151
	卡塔尼亚	155
	切法罗	158
	锡拉库萨	161
希腊	雅典	167
	圣托里尼	176
西班牙	马德里	181
葡萄牙	里斯本	193

"*GERMANY*"

睡意朦胧中听到雨打在窗上的声音，一场好雨。

睡意朦胧中听到雨打在窗上的声音，一场好雨。
而我在干燥清洁的床上，
该写入《枕草子》幸福情状的一种。
第二次醒来房间灯都关了，
好像很晚似的，看看表，快七点了，
静静的没有人声，心里瞬时涌出孤寂的感觉。

柏林的旅舍永远令人感到孤单。

柏林

到柏林不到六点，一个城市刚刚开始万家灯火的时候。下了车很茫然，在网上找了旅馆，但没有确定，现在要在一个陌生的城市中搜寻。而我低估了柏林，它是德国的首都，不是小城市，更不是我随便问几个人就能找到我要去的旅馆的地方。

总算运气不差，不太晚的时候入住"三只小猪"。旅舍面积很大，转来转去有时会找不到路。一楼有一个很大的公共活动室。离波兹坦广场十分钟，旅舍性价比很好。柏林是一个有很多便宜旅舍的城市，以德国的经济发达，这不可思议。

宿舍男女混住，推门进去看到几个男生才反应过来。头一晚很强大，八张床的房间，三个大男生加我，大指体积。第一次住混住房，有点小不习惯，但在中国乘过卧铺火车的，一定很快适应。我甚至觉得，如果有人郁闷，应该是他们，我是男生宿舍的不速之客。

在旅舍各处闲逛，转到厨房，遇到一个德国女子，她说她看见过柏林墙的倒塌，瞬间有自己见证历史的感觉。夜游布莱登堡门，经过波兹坦广场，在火车站旁边的空地上，有几段柏林墙残片。柏林墙不复存在，但在城市的很多地方都可以看到墙体残片，为了纪念历史，为了历史不被忘记。德国是了不起的国家，在它选择面对真相时就意味着永远得承受历史的重责，对于未负有任何战争罪责的人这很残酷。

► 明信片中的柏林

柏林
Berlin

▼ 冒雨去斯塔西博物馆，去的很早，居然没开门。现在的博物馆是不久前才搬过来，22号楼，前身是斯塔西高官的食堂。

▼ 回到波兹坦广场天已黑了，广场上很多临时搭建的店铺，充满圣诞气氛。实际上，这是一个圣诞市场。

第二天一早先奔查理检查站去，检查站在商业区的一个十字路口，两边沿街就是露天的柏林墙博物馆。最吸引我的是两份名单，一份很长，一份则短得多。长的是失败的闯关者的名字，短的是成功者的名字，不成比例。失败者的命运十有八九是死。痛心的是大多是年轻人。有全家一起逃的，所以死难者里有六七岁的孩子。当然成功的也以年轻人居多，只是运气好而已。

悲剧的历史最具备传奇的因素，一些西德人因帮助东德人逃亡而被历史记下。回望时，只觉得像悬念电影。

犹太人博物馆早在电视里看过，觉得是很特别的创意，但只是特别而已，最多的联想是犹太文化里喜用石头寄托思念。如今在现场的感觉有点不一样，乍看起来不那么大气，一眼可望尽。但随着越走越深入，它的精妙之处逐渐显现。一条条窄窄的纵横过道令人不得不穿越其中，并不会迷失，但墙造成隔离感，光线亦随着石块的高低而变化，迷蒙空灵，仿若可穿越历史，简直就是一座迷墙之城。尽现建筑艺术的精妙之外，更是瞬时明白了整个博物馆的心思所在。

一些年轻人——中学生，很快乐地奔跑在其中，战争太远了，无论多少重负也到不了他们肩上。或者，他们拒绝沉重。然而这里的欢笑，是那样不合时宜。

回到波兹坦广场天已黑了，广场上很多临时搭建的店铺，充满圣诞气氛。实际上，这就是一个圣诞市场。很多人在寒冷的风里吃吃喝喝。很佩服他们这一点，这么冷，像我这样好奇心爆棚走来走去还好，或者三两朋友聊天结伴也算有个乐趣。一个人抖索着吃完喝完回家，多半是孤身一人，不愿意回去面对四面墙。

柏林
Berlin

　　冒雨去斯塔西博物馆，去的有点早，居然没开门。现在的博物馆是不久前才搬到这里——22号楼，前身是斯塔西高官的食堂。寒冷中等到开门，但只在门厅转了转，拿了份简介，最终没有进去，心里始终留存着给好人的奏鸣曲，不想失去美好的记忆。因为真相是，电影中的那个好人，现实中一个也没有。

　　雨天的柏林，阴冷寂寥——让人无法愉快的城市。如果城市也有性格，如果国家也有性格，我就能理解为什么纳粹会在德国产生。

　　在波兹坦广场火车站里面的一家商店买到一把酷酷的伞，带一根绳子，可以背在背上，在法国旅行时看到有人用这样的伞，很有旅行的姿态。遇到一位中年妇女，她发现一把和她裤子图案一样的伞，很喜欢，但最终没有买。她说她今天的钱有别的用途。很震动，那把伞，只有5欧元，而这里是欧元区经济最发达的德国，是世界四大经济体之一的德国。不由想到国人的消费方式和观念。

　　房间里的两个常住男生真奇怪，一个吃了睡睡了吃无精打采一幅消愁样，也看不出国籍，不似德国人。另一个倒很德国的脸，让我想到党卫军。这个很德国人的小伙做的最多的事就是坐在床上看一本叫做《柏林》的书。这真有意思，他来柏林，但很少出去，只在书本上探究这个城市。今天房间多了一个女生和一个看上去比较温和的男生。女生是从波兰来的历史专业博士生，来柏林寻找研究资料。她常常往返于两地。抛开两国恩怨不谈，羡慕他们国与国之间自由流动。新来的男生仿佛好接近些，可是他脚边开着台灯，却在床的另一边看书——睡觉也开着灯，有人进屋一定探头看看，仿佛在害怕什么——然而，这世界无奇不有，我这叫少见多怪。

　　第二次来柏林订了柏林青旅的床位，这一间青旅很有名。房子是柏林旅舍招牌的整栋大楼式样，进门有很大的大厅，一切井井有条。思维方式也是德国式的，

► 柏林的现代艺术

莱比锡
Leipzig

柏林苍穹下，令人有世纪末感觉的建筑。

到点才能Check in。怀念那些家庭式的小小的Hostel，那样随意。德国人就是不知道应该如何表达轻松的情绪，也令他人轻松。就像这间旅舍，门口写着Home again，可是无论是它外部的大楼样式还是内部完全宿舍化的管理就不可能令人产生Home again的感觉。

一点钟Check in，需要会员卡。这卡办了后就没怎么用过，现在证明它还是很有用的。钥匙押金10欧元，这钥匙很值钱啊。进到房间，十人一间，房间的设计将彼此隔开，十人不必面对面。室内有两个浴室，一个卫生间——好到没话说了。睡意朦胧中听到雨打在窗上的声音，一场好雨，而我在干燥清洁的床上，该写入《枕草子》幸福情状的一种。第二次醒来房间灯都关了，好像很晚似的。看看表，快七点了，静静的没有人声，心里瞬时涌出孤寂的感觉。

柏林的旅舍永远令人感到孤单。

莱比锡

莱比锡是前东德第二大城市，我努力想在里面寻找前东德的影子，除了多几辆吊车和正在建设的楼盘，商业大厦不那么高大华丽，没有什么明显的差异。不过主商业街上一组看上去很痛苦的塑像多少传达了一些讯息。

想起Jena，小小城市，却有明显的政治味道。一面白墙上不大的马克思和恩格斯的黑色水笔画的胸像让我一震，没有想到会看到这么久已遗忘的东西，在中国他们快变成陌生人了。另一处是粉红色笔写在墙上Fight the Power的字样，令人在东西德统一的欢呼声中感到某种微妙的情绪。

莱比锡火车站

莱比锡
Leipzig

商业街上的塑像和凝视着他们的女孩。

搭15点40分的火车去长途车站，算准时间充足，哪知这趟火车被告知取消，不得不转乘51分那一趟，这一下我非得跑不可。在德国一共只坐过两次火车，两次都遇到突发状况，不知是我运气不好还是德国火车常这样。德国人也郁闷死了。但我觉得大家承受力很强，都非常接受现实。

提前2分钟狂奔到车站，安心等车，车子却晚到27分钟，白费我紧张的不得了。一排五个年轻欧洲人坐在阴凉地里，看来等了很久。一般巴士都晚5到10分钟，晚27分就夸张了点。时间太长，我跑去问一个女孩是去Berlin吗，她点头，大家只有无可奈何地笑。其实是人的事都一样，什么德国的车不会不准，只会准的太过分这是不可能的。迟到早退都无可避免，欧洲人的耐心反正全世界第一。

双层巴士，直奔上层第一排座位，一个位子已经被占。不甘心，磨叽一会，下车休息的人陆续上来。一位稍微上了年纪的女子用法语问我想坐这里吗？还有一个空位。嗯，她是法国人啊，有点小惊喜和亲近感。忍不住再感慨一番，欧洲很多中年或者年龄再偏上些的女子教养非常好，令人强烈感觉到女性的优雅和她们背后那个时代的辉煌。

耶拿

上车很顺利，司机检票，很绅士。是个瘦瘦的中年德国男人，头发的黄色非常之德国，电影里才能见到。但不胖不秃头，几乎不像德国人——国内巴士都比较松，也不看护照。就感慨欧洲努力在一体化，但国家之间依然防着，虽然主要已经是防他国人借一个欧洲国家到另一个国家，但这种心态就让人不舒服，反正人类在地球上的移动就是这么不自由。

出乎意料的是莱比锡的巴士站在机场，作为借助巴士穿越大半个欧洲的人，我无论如何不能相信巴士站会在这种荒郊野岭，想都没想就没下车。坐在过道那边的一个韩国女孩下车了——以为只是送乘客到机场，维尔纽斯到里加的巴士就是这样。然而越来越不对劲，眼看着高速路的指示牌上莱比锡的名字都看不到了。以为会停在市里，时间也不对，莱比锡到柏林两个小时路程而已。但车子一路狂奔，没意思要停，附近也找不到城市的痕迹。

拿了车票问司机，他说半个小时前就过去了。我还有什么办法，虽然很上火。车到每一站司机照理该说一声，车上有外国人，说了德语也该说一遍英语。在交通系统工作的德国人就是这样，他们明明懂英语，不知道为什么就是不肯说，完全不管外国人的难处。

车到叫做Jena的城市，我下了车。大巴停在火车站外面，和其它很多欧洲城市一样。问司机明天早上去莱比锡的时间，回答说是早上八点。问是否也在这里等车，他说马路对面公交站那里。怪了，我说的全是英语，他懂得很，为什么在车上就不能提醒一句，害我坐过站。

► 麦当劳一角

耶拿
Jena

早市即景

墙上的马克思和恩格斯

015

这一夜决定熬过去，反正四点天就亮了，找家麦当劳便可以度过。两个要紧的问题第一这是不是前东德城市，第二麦当劳在哪里。车站前问经过的两女一男还推着婴儿车的年轻德国人，第一个问题年轻的妈妈回答得很干脆——东德城市。回答之快让我怀疑她经常被问到这个问题。外国人来德国旅游实在也是关心这一点，都要到分属于东西德的城市看看做一比较。第二个问题，我补充问市中心在哪里——市中心一定有麦当劳。她指向一个方向，答案让一个错过了站的城市里的陌生人很愉快——市中心就在火车站对面。我现在站的地方，走几步左拐即是。这一刻开始觉得东德人都很友好。

　　柏林旅舍小伙子关于东西德差异的话我一点都没觉得，或者这样普通的只有半旧小楼房的城市正是我喜欢的，但心里明白这也许正是东西德的差距。如果君特·格拉斯关于东西德统一二十年也是西德对东德经济掠夺二十年的言论不是意气用事，那人性还真是可悲，历史似乎也鲜少例外。

　　查了Jena中文名字一惊，它叫做耶拿，不仅是美丽的前东德城市，还是席勒的故乡，马丁路德讲道之地。黑格尔曾在此讲学，马克思也曾被耶拿大学授予博士学位。至于莱比锡，巴赫埋骨之地，东西德统一在那里点燃星星之火，荷尔德林到来过——这是最吸引我的。他的名言：人，诗意地栖居在大地上。一个人让一座城市高山仰止。

纽伦堡

不久之后上了去纽伦堡的火车，大吃一惊是人如此之多，在德国坐上这么拥挤的火车完全出乎我的意料。欧盟国家德国人口最多果然非虚。我是二等座的票，但从一等座上去，完全没法穿越去我的车厢，只得在一等座找了个座位坐下。后来问别人，才知道因为今天是星期五，周末的交通，比较拥挤。

旁边的座位一直是空的，也没有人来要求我的座位。不按座位号坐在这里完全没问题，他们自己也很随意的。按照法国的经验我一点也不担心会怎样，再说打算好走了就挪到二等座去。下一站，一个中年男子坐到我旁边座位上，是那种切合我们想象的德国男人的样子，西装革履，有教养有良好的职业。且正出差，不是公务在身，一般不会穿这么正式。我一直抱着背包坐着，只是因为觉得没必要放到行李架上。他一来就问我是否需要把包放上去，我摇头说不用。

中年男子随即坐到我旁边靠窗的座位，拿出手提电脑。过了一会，有人来查票，和我说我应该去二等座，因为买的是二等座的票。开始说的是德语，还说的很快，我也不说我听不懂，只一脸茫然看着对方。意识到我不理解，"英语"他说，我点头。这位查票小哥英语很流利，于是英语重复一遍。我没意见啊，本来也不是要坐在一等座。待有了空隙，我立刻拿了包站到过道，打算去二等座。不过一眼望去，仍然是超级拥挤，于是就靠车厢壁站着。

我仍然站着，也不知道为什么站着，随时准备去二等座吧。估计看起来很可怜。那个中年德国男人突然就说"你可以坐过来，他查过去，不会再回来了。"我很温顺地说谢谢，不坐也得坐了，盛情难却。对面的女人笑出来。

▼ 德国制造

▼ 火车站面包店诱人的面包。

纽伦堡
Nürnberg

不记得什么时候他开始和我说话，先问我日本人？我说不是，中国人。他说对不起，他是分不清的。确实如此，欧洲人都分不清楚日本人、中国人或者韩国人。他继续写东西，也继续时不时和我说句话。后来他突然把电脑挪到我面前，上面是两幅图，一幅只有一条直线，一幅是曲里拐弯人的大脑组织一样的复杂线路。我一眼扫过去，就觉得是表示中国人和德国人不同思维的经典图画，立刻心有戚戚笑着点头。

他拿出名片的时候应该是觉得自己快下火车了，他说有机会去他的城市，一起喝杯咖啡。滑稽的是为了城市的名字纠结了很久。开始我不知道他说 München 或者 Munich 是他的城市的名字，他德语加英语地解释了好一会。他很认真地划去名片上的地址，写下将要搬去的新地址时，我想，这个人是认真的，于是留了自己的邮箱给他。

临下火车，他整理东西，说要下车了，谢谢一路上有我陪伴。我这边回应我也是。临走的时候他差点忘了手提箱，还是我提醒他，心里好笑。我们的座位紧挨着车门，他出了门还转身向我挥手。

没过一会，听到敲窗的声音，一转头，人家在窗外对我挥手。我也兴高采烈努力向他挥手，两人这才算是最后道别了。没有为他惆怅或感伤，没有任何异样的感情。亦有另一个偶然的念头，如此依依不舍，他存了什么心？我这中国人的思维。

一直都认为德国人拘谨呆板，这个德国人打破了我既成的观念。

第一次见识了不到五点就天黑，很不适应也不喜欢。对于初来德国人生地不

▶ 凯撒古堡青旅

纽伦堡
Nürnberg

▶ 走到某条街发现写着德国最古老书店的书店。好一场艳遇！

熟的我，更加剧了找路的困难。火车误点，到纽伦堡已经六点半。外面下着小雨，手上没有一把可用的伞，问路时要么不知道，要么就得不到积极的回应，无奈去打的，司机的态度相当之恶劣。更可恨的是，明明五分钟就走到的路，他告诉我远。结果花费4欧元打去还不是到旅馆门口。下车后第一个向之问路的德国老人家也不知道旅馆在哪里，但他替我问另一个随即出现的德国男人，运气不坏，这个人很清楚旅馆的准确位置。他立刻指给我看，就在我的视线里，旅馆的招牌在夜色中发光。

略作安顿就去逛市中心，冒着时有时无的丝丝细雨。纽伦堡有德国最大乃至几乎欧洲最大的圣诞市场，此时尚未到开市时间，但是圣诞气氛已经很浓，到处可见圣诞装饰还有美丽的橱窗。走到某条街发现写着德国最古老书店的书店（我不忍心，自作主张改成古老，翻译的人不知"老"和"古老"在中文中差异巨大）。好一场艳遇！

"真的有一个绅士淑女的时代,每一个人都恪守一种礼仪。"

这位波兰大爷告诉我们曾经真的有一个绅士淑女的时代,
每一个人都恪守一种礼仪,哪怕仅仅是形式。
但有形式,人心自然被规范,
这是欧洲黄金时代留下的最好的东西。

弗罗兹瓦夫

前德国城市果然有德国做派，弗罗兹瓦夫的旅舍非常像柏林的旅舍，整整一栋大楼。一栋大楼没什么，它是我住过的第一个没有公共活动室的旅舍，非常的不温暖，关起门谁和谁也不交流。最恐怖的是，我到的时候，晚上七点出头，这一层遇到好几个男人，老的少的，都不穿上衣在楼道里走，大约是刚刚淋浴过。

晚些时候房间里住进来一位波兰大爷，举止非常之礼貌，告别时都会微微躬身，手放胸前。我微微一惊，生于这个时代的人从未见过真正优雅礼仪，欧美不论，中国大半个世纪来并未有上流社会。我们真可怜，除了享受飞速发展的科技带来的成果——这本身是好坏参半，根本不曾拥有真正的好东西。

这位波兰大爷告诉我们曾经真的有一个绅士淑女的时代，每一个人都恪守一种礼仪，哪怕仅仅是形式，但有形式，人心自然被规范。这是欧洲黄金时代留下的最好的东西。

早上波兰大爷离开，依然礼数周全，床铺的非常齐整，我仿佛在看一出二战前波兰电影。他今日凌晨才回来，不知是事务繁忙，还是因为房中都是女性，觉得不便，故意如此。

弗罗兹瓦夫并无想像中建于一座十二个岛上的城市的美丽，但放在历史背景下，探寻一个波兰城市的德国往事，也还值得一来。据说在这里布雷斯劳是个敏感忌讳的词。但我在市中心广场上看到一个照片展，正是一九四五年的布雷斯劳，尚未割让给波兰的德国第六大城市。骤然想起前两天是二战欧洲战场胜利纪念日。

► 百货商场墙上的梦露和赫本

格但斯克

才清晨六点，已经很多人在等公车。在火车站里转来转去，想等八点 Information 开门要张地图，问明旅舍所在。车站里有麦当劳，进去要了早餐，想去厕所，没有。车站厕所也不会因为在麦当劳用餐免去两波币费用——波兰的公厕收费赶上发达西欧国家，匈牙利也有这个问题，蛮奇怪的。

麦当劳都可以上网，想不如自己查一查找到旅舍。参考在塔林的经验，决定订了旅舍再去，免得涨价。找坐在后面座位的两个女子帮忙，英语不通，也不知道 Hostelbookers 是何物。特别理解这种需要刷银行卡的事情的难处。决定放弃的时候，坐在我对面的年轻男人问我有什么事情，一口流利的英语，大为吃惊，认为他不是波兰人。他帮我预订了旅舍，而且不要替我预付的百分之十订金，他说才 1 欧元而已。我说那送你个礼物吧，开始他也不要，我说很小的礼物，来自中国，他才接受。随身带着从中国带来的吉祥猫手机链此时终于派上用场，不过粉红色的小猫用在这种大男人的手机上有点 Funny。

旅舍有点难找，问路问到一个五十多岁一点花白胡子的男人——就像西装，现代派的胡子也是西人留了比较好看。基本只向上了年纪的男人问路，都能得到有效指点。按着他指的方向过马路走了没几步，听到他在身后追上来，那意思，是担心我可能找不到，要带我去。真是好人，可惜语言不太通，一路上聊不到什么，就见两个人在大太阳底下努力走路。常常觉得不好意思害人家这么晒，转念又想这是我们亚洲人的想法，他们是不怕晒的。既然是好意，便领了，才是真正感激。两人在宿舍区转了一会，他又帮我问一个骑车的也是略微上了年纪的男人——看上去也很优雅，终于找到旅舍。我感谢他，他回应的方式谦逊平和，仿佛

► 感觉是一位天文学家的雕像。

格但斯克
Gdańsk

旅舍最特别的是露台上的摇椅，坐在上面摇摇晃晃便可消磨一个下午。

是再普通不过的事情。波兰中年以上的男人常有这种教养，特别想在他们的文化中寻求行为的根源。

才八点多，没有到入住时间，但两天来，总算有了可以洗澡睡觉的地方。虽然还不能住进房间，但也可以用旅舍的早餐。他们不会介意你多吃一天早餐，不会介意你在商店转了很久什么都不买，也不会介意你进餐厅却不吃东西只为陪朋友——在里加与塔林和香港朋友交换意见，香港和内地一样，若是看了很久什么都不买自己都不好意思，卖东西的很可能也不高兴。这一层，我们该学着点，钱是赚不完的，用不着那么强烈的赚钱的欲望。

格但斯克和华沙一样，所有的旧城都是1945年之后建的，看上去也确实很新。它不一样的是靠海，地图上就是波兰顶顶北边的城市，还有就是被德国和波兰争夺的历史——忘了说，它以前的名字是但泽。城市的很多房子和佛罗兹瓦夫一样有点德国风格。

　　这家旅舍是真正的家庭旅舍，管理者是一个家庭，父亲、母亲、女儿都在这里做事。女孩大约十二三岁，叫莫妮卡。她有一只叫做斯蒂芬的小猫。莫妮卡是成年人所熟悉的过去，美好的少女时代，身上有女孩子这个年纪共有的特征，幼稚混合着成熟。至于那只波兰小猫，那么一点点就已经不爱和人厮混，天然的就会享受孤独。它坐在台阶上望下去的背影有点忧郁。

　　旅舍最特别的是露台上的摇椅，坐在上面摇摇晃晃便可消磨一个下午。离开前在留言簿上第一条提到这个摇椅，我实在是喜欢它。坐在上面晃悠悠的时候可以放松脑子尽情天马行空地想，或者什么都不想，只是消磨一个波兰的下午。我一生中未必再有一个波兰夏日的下午。莫妮卡和小公猫斯蒂芬是摇椅之外旅舍最可爱的部分，没有几家旅舍除了日常服务外还提供一个聪明的小女孩和一只小猫来陪伴你。留言让莫妮卡很高兴，特别和我贴脸做别。能让一个小女孩高兴的事基本都值得去做一做。莫妮卡和她的名字一样活泼伶俐，我在 Common room 缝袜子，她在拖地，她的手机常响，每次响她就会笑着看我，好像不好意思。见我缝袜子，会问我怎么了。做完事她坐在沙发上玩手机，脚翘在茶几上，看我进去，立刻把脚放下来，还是个很乖的女孩——我就笑，示意她想怎样就怎样。

　　提早到车站对面商场用掉所有波币，买面包时两个收款台打出的价钱不一样，这就让我很尴尬。排在我后面的男人和收银员说了什么，我立刻知道他是要帮我付钱。排队的时候他明明已经排到我前头，但将位置让给了我，当时我们的目光有个交换，这一瞬间可以判断一个人。到了这个地步只能接受他的好意，问题是他不肯接受我将所有余钱给他。语言不通，他一味摇手，说 Sorry，到仿佛是他受我好处，还把我已经放在收款台上的钱又拿给我。我觉得太不好意思了，这是他男性的风度但我怎可以白受恩惠。我把钱放在专门放钱的小碟子里——这一点应该向波兰学习，布达佩斯也是这样，钱放在小碟子里，收钱决不会有遗漏尤其是找零时，买家可以慢慢数，不耽误下一笔交易。这个举动可能让我显得特别的固执，但至少表达一点我的心意。

这种事情总是令我特别感动，无条件的帮助是人性中最善的部分。日常生活中遇到的机会并不多。

▼ 经常见到成堆成堆的小学生在一起，要么是放学后挤在冰淇淋铺子那买冰淇淋吃——华沙城里比比皆是，旧城是旅游点就更多。

华沙

　　华沙一日游，认真地看一日肯定是不够的，可是根本就不想去看什么，空负了华沙这个美丽的译名。用克拉科夫遇到的台湾男孩的话说——华沙是没有历史的城市。但换个想法，今日的华沙就是过去的华沙，一个城市为何没有历史？圣十字教堂都新的可怕，本以为放置肖邦心脏的柱子很高很高，结果，教堂都没有多高，柱子也壮观不起来了。

　　原本对瓦津兹公园有所期待，确实不差，绿树成荫，凉爽清静。但去过布达佩斯的公墓，这世上再没有可称为幽静的地方。肖邦的塑像有一股悲怆的飘逸，可惜正有一个音乐会，围着塑像搭起了舞台，什么意境和静谧都没有了。但热热闹闹的音乐会是对的吧，音乐活着，人便不死。

　　下午三点多，游览华沙完毕，回到旅舍等待晚上七点到维尔纽斯的巴士。和旅舍工作人员聊天，其中的一个小伙子问我喜欢华沙吗，很诚实地说不那么喜欢。问他们，他们说喜欢，因为有很多活动，电影节音乐节什么的。

　　谈到在波兰坐国内大巴，他们笑，说波兰的公路不好，高速很少。这让我想起之前有朋友因为看到波兰有很多未开发的空地就和我说波兰经济不好。当时我不这么认为，现在看起来是个原因。如果有足够的资金，就应该会多修高速公路。

　　华沙的旧城可能是全世界最新的旧城之一。走到最大的中心广场，很多人在那里，带孩子的母亲，放学的小学生。波兰有个特别现象，经常见到成群的小学生在一起，要么是放学后挤在冰淇淋铺子买冰淇淋吃——华沙城里比比皆是，旧城是旅游点就更多；或者是挤在卖廉价小玩意的摊子前。非常像中国的小学校放学后的情形，有种集体主义的味道。很难说是以前社会主义国家留下的特质，或者仅仅是民族个性。但无论如何，人和人之间没有欧洲其他国家惯常的距离感，亲切贴心，但看着稍稍有点惊讶。

广场里的房子都是旧式样，很漂亮。但所有的房子都是1945年之后重建。站在广场上环顾四周，就明白回忆是有力量的，充满爱的回忆——也许比任何东西都来得有力量。

粉红色的汤

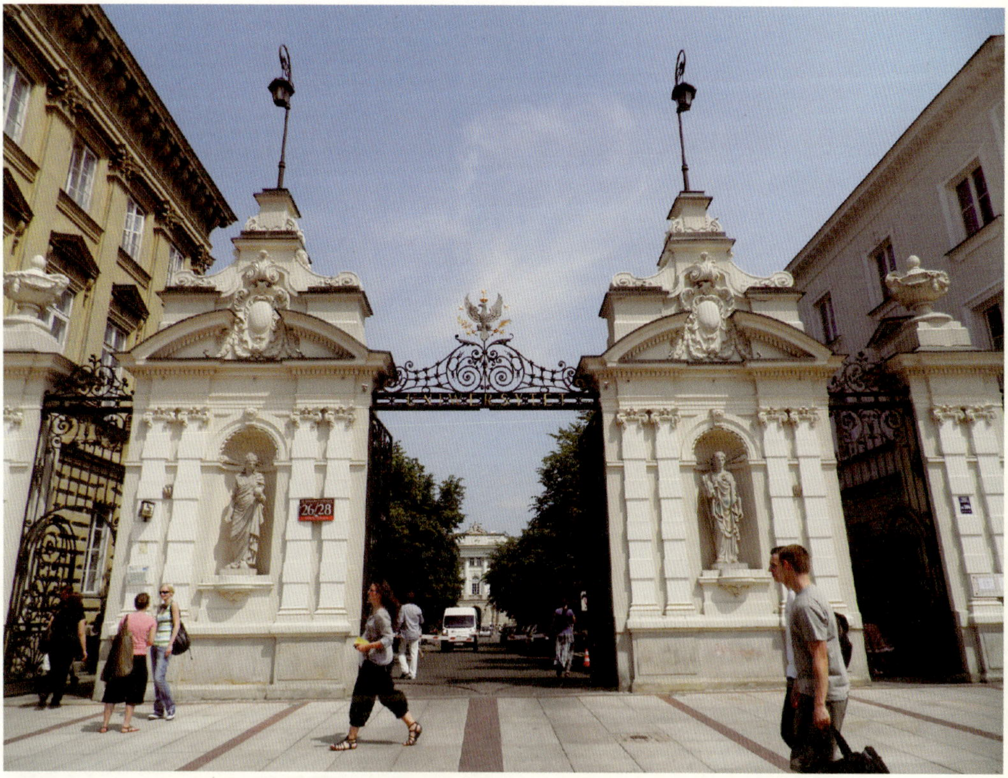
26/28
华沙大学

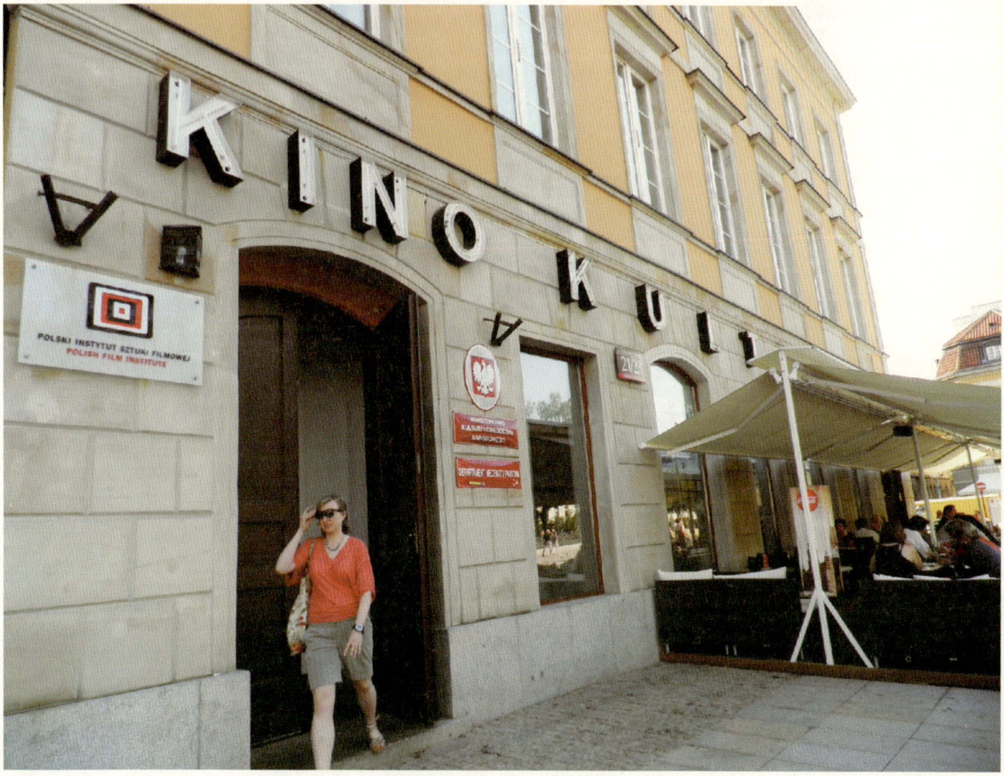
KINO
POLSKI INSTYTUT SZTUKI FILMOWEJ
POLISH FILM INSTITUTE
华沙电影学院

克拉科夫

  一个多小时后火车进入波兰，在欧洲才知道车子随便开开就到了另外一个国家是什么感觉。以为这趟车直接到克拉科夫，其实需要转车。同车有一个亚洲女孩，我在车里胡乱转的时候，她乖乖的坐在座位上。过来一个德国乘务员，用英语问他车子的终点，他表示不会英语。怎么可能呢，这种跨国火车，但若说他懂而不肯说，未免过分。但真有过分的可能。德国旅行五天的感受，很多德国人不说英语，也许是不想说，常有语言不通造成的困厄。其实我在街上问路遇到的德国人都很友好，就感觉服务机构的态度不好。这是否验证了欧洲人没有服务精神，至少是发达的西欧没有。

  圣母大教堂是克拉科夫最有名的教堂也是广场的一大景点，走到门口看到禁止参观的字样，很犹豫的不敢进。我任性妄为，但对教堂始终保有一份敬畏。无论是否信仰宗教，只要去过西方的教堂就可理解，教堂充满压迫感的设计骨子里就为着要人服从甚至是屈从。任何一个人站在教堂的穹顶下都会强烈意识到自己的渺小，而神，他高高在上。看到很多人进进出出，终于还是进去了。周日，教堂里挤满了人，这并没有让我有什么想法。但当发现所有进去的人，没错，是所有进去的人，大约除了我，每一个人，男女老少，都虔诚的单膝跪下，手在胸前划十字的时候，完全被震惊了。我游历过法国很多城市，又去了德国，亲眼看见教堂在人们的生活中已经不那么重要，虔诚的教徒已经不多，纵有，也大多是老人，宗教信仰在西方日渐式微。但这里，就算是小小孩童都诚心面对上帝。虽然有家庭的影响和社会习俗的因素，甚或仅是惯性，可是文化风俗不就是这样代代相传。一个民族总得有点精神，波兰人有怎样的特质不去管他，但看他们教堂里的俯首虔诚值得钦佩，动人的怕和爱。

▼ 李伯大梦

▼ 墙上挂了《罗马假日》海报的餐厅。

克拉科夫
Cracow

▼ 教师花园 袖手

克拉科夫
Cracow

▼ 第一次来克拉科夫初见此餐厅。某种程度上，波兰受美式文化影响颇深。

▼ 卡廷纪念碑很小，十字架状，上面有几种文字写的纪念的话语。印象比较深的一句是「如果你忘记卡廷，上帝就会忘记你」。

在教堂呆看了好久，想人类为何会信一个根本不存在的上帝，而这上帝在波兰深受苦难的时候并不曾拯救他们。

穿越广场往下走，是瓦维尔皇宫的方向。路上又经过几间教堂，以城市的规模和人口计，克拉科夫的教堂数目众多而且每一个都算得上宏伟。因为是犹太文化影响比较大的地方，所以教堂外部风格和之前去过的法国和德国的城市都不一样，带有西亚特征。内部大多华丽，可能是教徒众多，捐赠多的缘故。都知道教廷非常有钱，这些年，也时有关于宗教人士的负面新闻曝光。我虽然尊敬波兰人的宗教信仰，敬佩他们的执着虔诚，但对于西方宗教还是有些不一样的看法。

卡廷纪念碑很小，十字架状，上面有几种文字的纪念话语。印象比较深的一句是"如果你忘记卡廷，上帝就会忘记你"。纪念碑下有花有点燃的蜡烛，不过很少有人驻足。这惨事波兰人关心、俄罗斯人关心、二战史专家关心之外，恐怕没什么人在意了。很可怕。遗忘这件事本身不要紧，但这遗忘意味着对人类遭受过的痛苦的漠不关心，意味着人类自私健忘的天性，换句话，同样的事件有可能重演。

克拉科夫确实如旅馆Reception所说，非常小，全部景点可以走到。沿着瓦维尔往下没多远就到了卡兹米拉犹太人区，这里到现在都保有道地的犹太文化。街上走过的行人里有很多穿着传统的犹太人服装。虽然犹太人在全世界所有的国家除了中国之外都保存了本民族的生活方式，但在克拉科夫我第一次可以直接从穿着上区分出犹太人。

在卡兹米拉游走的时候下起了雨，在雨中固执的到处寻找地图上标识了六角星图案的本区重要的犹太人纪念地，几个非常有代表性的地方——为成年人开办的社区学校、工坊、教堂、墓地，这些地方都写着希伯来文。墓地不大，埋葬的所有人都死于纳粹屠杀。墓园外面的墙上有很多纪念文字，一块石碑上用各种文

克拉科夫
Cracow

写着"泥土不能掩盖他们的鲜血"。墓地需要门票,但没有人一直守着查票。原本打算门口看一眼就走,但后面来了一对西方男女,直接就从开着的门进去了,有人违规就没有规矩了,犹豫了一下我也进去了。结果是他们没被发现,不知是否我是亚洲人惹眼,看门人从房里出来示意我参观墓地需要票。我出去了但没买票,他挺无奈吧,估计就记住我了。

雨太大,匆匆往回赶,路上天就全黑了,才下午四点多钟。回到旅馆房间时一个女孩子穿着袜子站在地上,她的球鞋湿透了,从她和别人的谈话中知道她是加拿大人。她说想买一双鞋,可是没有钱。No money,no boot。大家都笑了。房间里此时有三个人,我和她,还有一个中年波兰男人。女孩的话令我想起柏林放弃买5欧元雨伞的德国女人。

第二天,韩国女孩问我的安排,我说去奥斯维辛,她说她也是,那么一起吧。心里是很不想一起的,可是答应了,为什么就不能说想一个人去奥斯维辛呢。

韩国女孩准备好可以出发的时候我还在磨蹭,从这一刻开始,整天的行程她都在等我,整天的行程我要照顾自己的兴趣还得注意迁就她的时间。这不是一个失败的旅程,我看到很多东西,可是仅仅因为两个人在一起,两个对奥斯维辛没有同样关注点和感受的人在一起,我还是觉得一切被毁掉了。而我,必须得装作不在意地不断耽误别人的行程。韩国女孩总是比我看得快,当我慢一步的时候,她说我们得快一点。她一定也在忍耐我,凭借着东方人的含蓄和教养,两个东方人在一起就是有不够痛快的特点。

入口处有很多种文字的简介,包括中文的。韩国女孩买了一本韩文简介。大部分人在简介指引下参观不能错过的地方——于是我们去了那个展览头发鞋子衣服和饭盒皮箱的展厅,实在说我一点兴趣都没有。最大的收获是发现那些犹太女人被褫夺的高跟鞋非常之时髦,经过七十年的时光,仍然能从褪去的颜色后面看

▼ 玩具店门口，梦幻的肥皂泡。

▼ 中央集市广场揽生意的人。

042

克拉科夫
Cracow

► 我不是犹太人,我来去自由,我是一个旅行者。而这天天气大好,观者很多,尚存的一丝阴森恐怖都被彻底消解。唯有进集中营大门时,铁门上别着一朵红花,花茎上系着的红纸写着幸存者的号码36377,提醒我这一切是真的。

以往的光彩，当年的犹太人过着怎样优渥的生活啊。

死难者的照片是展览中最动人心魄的，无论是抵抗战士还是被屠杀的民众。

波兰人很重视爱国主义教育，奥斯维辛里面随处可见中小学生团体来参观。其他参观者大体分两部分，慕名而来的和对它感兴趣的。慕名而来是好事，历史多一个人了解人类就多一份希望，可是没有一点准备真的很愚蠢。在去奥斯维辛的公车上遇到三个从瑞典来的年轻中国学生，除了知道奥斯维辛这个名字，其他一无所知，甚至问我是否现在还关着犯人。犯人这个词本身不准确吧，因为奥斯维辛不是监狱是劳动营加集中营。我明白她们的一无所知不值得惊讶，但我难以接受居然有人对奥斯维辛无知到这个地步，我们的历史教育出了什么问题？

始终未曾感觉身在集中营，这已不可能，时移事迁，就算置身其中。我不是犹太人，我来去自由，我是一个旅行者。而这天天气大好，观者很多，尚存的一丝阴森恐怖都被彻底消解。唯有进集中营大门时，铁门上别着一朵红花，花茎上系着的红纸写着幸存者的号码36377，提醒我这一切是真的。

搭车回克拉科夫时天已黑尽，进入夜色的克拉科夫和其他欧洲城市没有什么不同，人们尽情享受着生活。火车站出站口上方是克拉科夫最大的商业中心，非常繁华热闹。男孩子们经过商场通道里摆放的宝马车，都要停下来看一看。

PS：往集中营大门走去的时候，迎面走来一个十几岁的波兰男孩，对着我们俩用日语说你好。待他走远些，韩国女孩笑道"Stupid"。在外旅行常被当做日本人，真实的欧洲人看亚洲人的心态。

去火车站打听到布拉格的火车票，价钱相当不便宜，一张卧铺票要280波币，超过70欧元，坐一夜也得240波币。而乘坐Eurolines只需120到140波币。在欧洲，乘坐Eurolines是最便宜的跨国交通方式，火车普遍比较贵。火车站所有售票窗口只有一个可以说英文，如果在别的窗口问讯就得请会说英文的人帮忙翻译。而从克拉科夫开始有奇特现象，好几次我对当地人说英语，对方会用英语回答我"我不会说英语"。这句话说得还挺流利，很纳闷。

和隔壁房间的塞尔维亚男孩还有中国女孩Shine一起吃早饭。之前从来没有和前南斯拉夫人打过交道，但这个塞尔维亚男孩给我的印象不错，聪明，有幽默感。Shine问他是否有女朋友，得知他们年龄相差六岁，认为差距大了点。我说很合适啊。塞尔维亚男孩听了对Shine说"She is smart"，但是Why？真有趣。

带着Shine游克拉科夫是一路顺着我熟悉的路走——广场、皇宫、犹太区。卡廷纪念碑下，几个年轻人请我们帮忙拍照。初时以为要拍卡廷纪念碑，谁知背景是邻居的皇宫，我们二人无比感慨，游客啊游客！

在卡兹米拉带着Shine一个个看犹太人纪念地，俨然半个克拉科夫通。试图领她无票进入墓地无果，这事如今变得刺激，非做不可。深刻觉得看门老头认识我而且记住我了。他可能存在的留心和监视，我再一次的不成功闯入让我乐了好一会，爱死这种斗智斗勇的游戏。后来我和Shine放弃并离开，转到墓地侧面的一条街，发现一扇窗，圆形布满裂纹，上有铁栏杆和六角星图案。透过它可看到墓地里面，墓地里远远有三两个人。而紧靠窗子的小路上，一位身着犹太民族黑色衣服的女子走过。

▼ 一栋犹太人旧居墙上的波兰骑兵团。

▼ 后来我们放弃并离开，转到墓地侧面的一条街，发现一扇窗，圆形布满裂纹，上有铁栏杆和六角星图案。透过它看到墓地，墓地里远远有三两个人。而紧靠窗子的小路上，一位身着犹太民族黑色衣服的女子走过……

"CZECH IN"

欧洲的景象，是小说电影戏剧是生活。

站在黄金小巷出口处向下的楼梯口，
视野刚好被局限在两边的楼房之间。
于是看见面前下方的半堵墙，墙上有老式样路灯，
灯下，三两男女交谈。
欧洲的景象，是小说电影戏剧是生活，
夜深一些更好。

布拉格

再次上演狂奔到车站。白担心了，提前十分钟不说，而且直到开车，我是唯一的乘客。相信司机先生和我一样高兴。我一张票霸了一辆五十六个座位的奔驰大巴，而司机因为我的到来使得他这次的出车任务有了意义。唯一质疑的是，如果一个人都没有，这趟车是否取消？

司机是矮小的中年大叔，有点好玩，这主要体现在他为我选碟片的事情上。我刚上车一会，大叔想起车上有电视，可以看DVD，他就拿出所有的影碟替我选，同时示意我自己去挑想看的。他替我选的封套上有半裸的女人，我不介意看半裸的女人，但明显是烂片，事实上所有的影片都是烂片。我找了另一部影片，大叔替我放好影碟打开机器，然后将其它的影碟和遥控器都交到我手上。旅程越来越完美舒服，原来一个人独享资源有这样的好处。

车子继续行驶，天渐渐黑了。偶尔有灯光的时候，可以看到窗外的景色，不知何时我们已经进入捷克共和国。司机开车，我看片，安静异常。下一次休息的时候，司机为我换片，又挑了一部看上去很情色的，更情色，这是什么问题？赶紧换了《非常人贩》第三集。影片播放结束后，长时间停留在等待再次按下播放键的状态，于是一遍遍听着片头的音乐。音乐有浓烈的公路风，无比切合只有我一个人的夜间大巴，一趟仿佛永不会停下的夜行客车。我——在路上——而如此之巧偏偏又行驶在捷克的公路上。这带给我强烈的流浪的感觉，波西米亚式的流浪。面对着窗外的沉沉黑夜——音乐在耳边回响，我不在别处，我在捷克，我正去往布拉格。

再次停车休息时，司机想去喝杯咖啡，问我要不要，谢了他的好意，但他回

► 暮光中的查理大桥

布拉格
Praha

► 让我惊骇的还有院子里一尊利箭穿心的天使雕像。一定有个典故，可惜我对此缺乏常识，来这里的旅行者不多，仿佛是布拉格人的秘密花园。

来时，还是为蜷在座位里的我带了杯咖啡。人在旅途的温暖。多么有意思地遇见和擦肩，相信我和这位波兰大叔不会有下一次相遇，可是这一天，我们两人作伴八个小时。

接近布拉格的时候发现车窗外一会就冒出一家中国餐馆，布拉格居然有这么多中国商人！怀念克拉科夫的清净。晚八点左右到达布拉格佛罗伦萨汽车站（近似这个音译），国际车站，信息咨询仍然开张。要了地图，工作人员——捷克帅小伙替我在地图上标出旅馆位置。他给的是地铁路线，我则打算走过去。这里欧元不流通，我没有捷克币，有也不准备坐车，城市小的没有意外的可能性，全部捷克才十万平方公里出头。

汽车站走几分钟就到市中心。圣诞节前气氛，庆幸自己冬季旅行可看到欧洲最美的一面。看到两个五十多岁男人走来，观相知心，相信会得到善意的帮助。待他们走近了上前问路，其中一个瘦瘦的男人说应该坐地铁，地铁站就在不远处。我说我要走路，因为没有捷克钱。他说可是坐地铁很方便五分钟就到了，走路很远。我说我知道，可是没有捷克钱，所以必须走。他说你走吧走吧，很远呢，我说我知道，可是只有欧元，没有这个国家的钱，我必须走路。他反应过来了，说我给你钱啊。这个回答实在出乎我的意料，而他已经在翻口袋。我忙说，我和你换，他说不用不用。他给了我二十六元捷克币（二十三到二十四捷克币兑换一欧元），除了谢谢，我还能说什么。面对我不断的感谢，他们二人双手合十示意不必客气。是佛教徒吗？我知道欧洲信佛教的人越来越多，而随着瑜伽的流行，东方文化的影响益发深远。无论如何，他们对我是慈悲心。

下了地铁又是一翻折腾才找到旅馆，其间有人主动问我是否在找什么地方。每一次这样的遭遇都让我感动，任何的善意都不是当然的，人心里没有那么多的善可以到处散播。

旅馆叫做Chili，名字非常可爱。依然男女混住四人间，一天5欧元。我订的

布拉格
Praha

是八人间,但他们的规矩,先尽一个房间住满,所以通常能用比较少的价钱住到更好的房子。但到底住的舒服不舒服取决于同住的人,这完全看运气。

Reception带我进房间,房间里的床上用品配套有点混乱,看不出住了几个人。这女孩居然也搞不清楚。她们不认为这不专业,只是觉得无所谓。他们过的轻松。

布拉格好冷,从早上八点到晚上七点都冻在外头,头冻的痛。一大早方向感很差地走去远离市中心的地方,还以为是对的方向。

但由此得以去到一个高地上的教堂,第一次看到彩色图案的教堂大门——辉煌美艳,无丝毫俗气。让我惊骇的还有院子里一尊利箭穿心的天使雕像,一定有个典故,可惜我对此缺乏常识。来这里的旅行者不多,仿佛是布拉格人的秘密花园。寒冷的冬日清晨,只偶尔遇到晨跑的和遛狗的。还看到一个小伙子在等人,等待的过程中他在阅读。阅读是欧洲这里常见的等人者消磨时间的方式。回想中国,仿佛干等或者玩电话的比较多,无论哪种方式都易显焦灼。这恰好在另一方面反映了两种社会发展状态和阶段。

绕了一大圈回到市里头,发现旅馆离市中心很近,步行到查理大桥五分钟。布拉格名不虚传,无论是布拉格广场还是查理大桥都不负期待,可是它太有名了,游客如过江之鲫。

我来布拉格更多为了卡夫卡,得知布拉格有他居住过的黄金小巷,就对这个城市充满期待。得名因为曾经是制造金饰的工匠们居住的地方。事实上,布拉格很多地方都有卡夫卡生活过的痕迹。在布拉格的旅游经济中卡夫卡和波西米亚有同等地位,换言之,布拉格主要卖两样东西,卡夫卡和波西米亚。

▼ 修葺中的黄金小巷，这是绘在遮挡住巷口的布上的图画，本身已成艺术。

▼ 绘制了穆夏风作品的汽车。

布拉格
Praha

► 楼梯靠皇宫外墙一侧一排路灯下去，打出浪漫和温柔的光线——布拉格的光芒，波西米亚的光芒。走几步，前方暗影里一个流浪歌手的侧影，怀抱吉他，正沉浸于自己的歌声之中。

对大多数旅行者来说布拉格是一个挑动人购物欲望的城市，令我想到中国的旅游景点，商人的气质都有点像中国人。也或许是犹太人的影响，布拉格的犹太人区保存的很好，许多地方串起来卖票，果然精明。那个几百年前的大公墓很阴森美丽，但我是坚决排斥花钱看墓地的。

夜走皇宫，经过被封闭的黄金小巷，站在入口处痴看好一会。想象就是这里，好多好多年前，年轻的卡夫卡常常从这里经过，回到22号小小的房子里。再往前走一点，发现一个玩具博物馆——意外之喜。说是夜走，才六点多而已，灯火通明，很多游客。站在黄金小巷出口处向下的楼梯口，视野刚好被局限在两边的楼房之间，于是看见面前下方的半堵墙、墙上有老式样路灯，灯下，三两男女交谈。欧洲的景象，是小说电影戏剧是生活，夜深一些更好。

往查理大桥走的路上经过一间莎士比亚书店，问店主是否和巴黎那家有关，他说不是，是直属于企鹅出版社的。真好，但如果叫狄更斯、乔叟、毛姆我更有感觉，莎士比亚出场太多了，为什么都对他那么感兴趣。

夜归的水鸟齐齐聚集在伏尔塔瓦河的木排上，一眼望去一个个小白点，大家挤在一起就不会那么冷。这一部分的河流光线不太够，相比其他欧洲著名的河流，夜里的伏尔塔瓦河比较安静比较——黑。

同住的两个女孩晚上有约，足修饰一个小时没出门，进进出出够折腾。而隔壁的八个男孩更是不得安静，大声说话、喝酒、不停出来照大厅里的镜子。周末晚上欧洲年轻人少有闲在家的，他们是真闹，很不喜欢。可是，他们闹里的天真率性是亚洲人少有的，不必担心有必须闷在心里的冲突，真气也气不起来。他们的父辈大多也看不惯今日年轻人如此，可忘了他们也曾经一路闹过来，文化和基因都是他们给营造的。

正趴在床上很努力写日记，突然听到外面某女生说"France Kiss"，顿时大笑，能以独创性的吻扬名，难怪会有"小法兰西"。房间里的女孩解释给屋外的同伴我因何大笑。我问这个女孩可有German Kiss，她说没有，我也这么认为，德国人既对法国的风化问题冷嘲热讽，自然不屑于在这种事情上下功夫。另外一个女生看到我写啊写，问写什么，我说日记。她说很美丽，她指中国字，其实我写的乱七八糟。

早起赶去参观玩具博物馆，出门发现下雪了，终于期待来了布拉格的雪，很冷，这才是布拉格呢。远远望去，河对岸的红色屋顶皆覆盖了薄薄的雪，像糖霜。

玩具博物馆还没有开门，在院子里晃荡着等。院子里有个裸身少年的青铜雕塑，不知道是什么出典。少年的身体纤细孱弱，青铜色在雪里尤显洁净光滑。

博物馆里有很多锡兵和火车站，火车站是那一带独有的玩具，仿真度极高，色彩艳丽像梦。最爱一个个细看站前站里的人，他们都穿着那个年代的衣服，可带我回去旧时光——虽然是旧照片和旧电影里得来的印象。曾经被这些玩具触动过灵魂的小孩子们如今都在哪里？

透过博物馆后窗可看见黄金小巷22号（博物馆招徕游客的宣传）。我问工作人员是哪扇窗，原想着隔窗照一张，谁知她特意过来打开窗子让我看，就在左手边不远视觉可及的蓝色小屋。努力的侧身才照到一张好照片，我的卡夫卡，一阵激动。他的房子离我咫尺，虽然不能进去参观，但亲眼看见，不虚我布拉格之行。

博物馆上面一层是芭比五十年展，鸡肋。匆匆看了看，有些纪念版的衣服实在是太漂亮，配上芭比完美的脸蛋无疑是大多数女孩子的梦想。最特别是和爱因

▼ 博物馆里有很多锡兵和火车站，火车站是那一带独有的玩具，仿真度极高，色彩艳丽像梦。最爱一个个细看站前站里的人，他们都穿着那个年代的衣服，可带我回去旧时光。

斯坦放在一起的一组，智商之战？提醒大家别以为芭比都是无脑女孩。

晚上同屋的女孩又去Party，和我告别，说明天见。她们的床是用来白天睡觉的。隔壁的八个男生依然闹的可怕。有时候和他们猛然遇到，觉得他们也有些不知所措，和亚洲人打交道也是难题。欧洲年轻人非常容易High，不知道有什么可乐的，是起点低，还是仅仅空虚。生命太长，时间太多，要如何度过？

布拉格
Praha

▼ 雪后，静静流淌的伏尔塔瓦河。

"颇有童话传统,非常孩子气的城市。"

它自有魅力,因为没有那么多游客,
显出简单清秀的气质。
而来自于过去的捷克斯洛伐克,
颇有童话传统,非常孩子气的城市。

符拉迪斯拉法

没有在维也纳转车，被送到了斯洛伐克的首都，真乌龙。还有一个女人边拿行李边问，你不说法语吗？气死我了。法国司机则来了一句 Bravo~。

谁注意了呢，到维也纳时我还迷糊呢。只好去这里的 Eurolines 想办法，无非再买一张去布达佩斯的票。但这里不是 Eurolines，是 Orangeway，东欧几国之间的国际巴士。既然来了，干脆买了下午五点的票，在这里来个一日游，不枉我跑一趟。后来发现幸好被送来了，否则我可能永远不会来这里，那真是错过了。

▼ 早晨九点 广场边小咖啡馆。

安徒生的塑像是我最喜欢的,初看时便觉得是他,待转到身后面,看到只戴着王冠的国王便了然了。真好,不是丹麦,但这个城市有安徒生的像,耳边私语的小人的构思特别美丽。

　　Bratislava虽然没法和布拉格比,但是它自有魅力,因为没有那么多游客,显出简单清秀的气质。而来自于过去的捷克斯洛伐克,颇有童话传统,非常孩子气的城市。安徒生的塑像是我最喜欢的,初看时便觉得是他,待转到身后面,看到只戴着王冠的国王便了然了。真好,不是丹麦,但这个城市有安徒生的像,耳边私语的小人的构思特别美丽。

符拉迪斯拉法
Bratislava

► 街头的冰球运动员塑像,这里将要有一个冰球比赛。

► 偷拍者

BUDAPEST

"墓地里的树开着叫不上名字的很美的花。"

墓地总是非常安静,这一片除了我没有他人,
墓地里的树开着叫不上名字的很美的花。
慢慢看过去,心情很沉重,
人类的历史永远伴随着死亡和暴行。

布达佩斯

天气不好,春寒。早上起来,旅馆里同房间的哥斯达黎加母子出去玩了。法国男女蒙头大睡,朦胧中见他们回来,感觉是早上。

布达佩斯满街是老房子,或者貌似老房子,建筑风格不花哨,最热闹的商业区也谈不上繁荣,整个城市持重大气,奥匈帝国的遗留。城市有叫吻约瑟夫的街道,想起曾经,他们的皇后也是茜茜公主。匈牙利人非常喜欢茜茜,为此我多爱他们一点。

通往链子桥的主大道上有个李斯特广场,才想起李斯特是匈牙利作曲家。他和肖邦在巴黎相遇,共弹一曲,年轻的肖邦令他惊艳。

晚上和法国小哥聊天,聊到俄罗斯艺术,他说以前的很好,比如柴科夫斯基等等,现在不行了。在网上找出《基督山伯爵》的法语给他看,他说知道,但没有读过。就像中国人没有读过《红楼梦》一样,一点不奇怪。他问我是否可以速度很快地写中文,我说可以,他的意思,很难,所以——我说,我是中国人当然可以快快写中文——但他的意思,就算我是中国人,这还是很难啊。到是,很多中国人写中文字亦有障碍。对外国人来说,说几句中文一点都不难,很多欧洲人的发音很不坏,可是写,他们会崩溃。听说读写分为两个系统的中文对他们好比是两种完全不同的语言。

离开旅舍时看到法国男人蹲在楼门口的地上,有点迷糊的早晨。很喜欢他这个样子——有冲动告诉他喜欢他就像这样蹲着的样子了。真的是——闲。

▶ 春日迟迟　公墓一角

布达佩斯
Budapest

▼ 特别震撼的是在一个广场看到一个吉他弹唱的女人,头发全花白了,至少五十几岁,表情中毫无音乐带来的快乐。

布达佩斯
Budapest

▼ 将离开时看到有工人在清扫墓地,一个人的身影和沙沙地扫地声,格外动人。远远为他拍了照,静静的没想惊动他,但他察觉到有人,两次回头看我。

▼ 写着俄语的墓碑,匈牙利事件的痕迹。

这间旅舍订了两天，第三天换了住处。新旅舍在布达，比想象中远。一路过来，在轻轨上看到两侧的山野树荫，心头涌出轻轻的狂喜，这就是我理想中的山间小屋。然而交通依然便利，转一趟公交或者轻轨，二十分钟，即可到市中心。

　　以布达佩斯大名鼎鼎的地标国会大厦为目的地，转了一大圈。特别震撼的是在闹市区的某个广场看到一个弹奏吉他的女人，头发全花白了，至少五十几岁，表情中毫无音乐带来的快乐。看见她这样子我心里都有负罪感，但她若生活的不好是匈牙利政府和欧盟的问题，不是我的。

　　第三间旅舍换回佩斯这边，这样美丽的城市一定要多住几个不同的地方。早饭后出去溜达，地图上显示有一块绿地在不远处，以为是公园，进去了发现是公墓。其中一部分是士兵墓和烈士墓，里面几乎所有人死于1956年匈牙利事件以及后续清洗。有好些是婴幼儿，甚至不到一岁。墓地总是非常安静，此时这里除了我没有其他人，一个个墓碑慢慢看过去，心情很沉重，人类的历史永远伴随着死亡和暴行。旁边不远处，墓地里的树开着叫不上名字的很美的花。

　　将离开时看到有工人在清扫墓地，一个人的身影和沙沙地扫地声，格外动人。远远为他拍了照，静静的没想惊动他，但他察觉到有人，两次回头看我。作为外国人来这里很奇怪，毕竟它不是布达佩斯旅游宣传的项目，和巴黎的拉雪兹或是蒙马特毫不相同——事实是，几乎没人注意它。

　　下午三点和丹尼尔（喜欢这个名字，总会想起《荆棘鸟》）见面，这是在西西里认识的布达佩斯男孩，好脾气总是笑，很开朗的性格。一起去吃饭的路上经过他的大学，遇到一个男人和他打招呼。我以为是他的同学，他告诉我是高中的哲学老师。高中的哲学老师听起来真美，我们从来只有中学的政治老师。

　　中午回来准备下午约会时Reception说没收到我给旅舍评价的邮件，也许系统出问题。我说有啊，我评价了的——喜欢这栋很老的房子和大大的公寓，让人

布达佩斯
Budapest

► 落满了花瓣的墓地小径。

想起旧日时光，然后给了百分。Reception看了很开心地说谢谢。其实还想再补一句，喜欢清晨和黄昏时站在阳台上看下面的街道和过往的行人，想象自己是一个真正的布达佩斯人。

买了去克拉科夫的汽车票。火车票依然贵，且没有到弗罗兹瓦夫直达车，Eu-rolines和Orangeway都没有。好歹是波兰第三大城市，何至于此，果然波兰的旅游业不发达。

遇到一个意大利人，一起去车站买票，他用一张用过的票进地铁站居然没有问题。这么检票和不检有什么分别，是吓死胆小的而已。出站时又遇到查票的，查意大利人的票时我都替他紧张，居然又过关了，疯了，这查的什么票。意大利人后来说他吓死了，我说你真是好运。话说回来，欧洲人逃起票来也是一点不含糊，单看这么查票，就知道逃票不难。

下午时旅舍来了五个中国人，一个男孩和四个女孩，全是中国交换生。比较新鲜的是男孩在塞尔维亚交换，让人羡慕。男孩第一次住混住房，他不进房间睡，理由是里面四个女孩，男女不便。我和同屋的香港女孩就说那去我们的房间睡吧，有空床，他说，那不是有你们俩吗？结果他订了床位，却睡在沙发上。这种儒家伦理下的行为让这里的人看起来不知作何感想。

"FRANCE"

在巴黎只有两种人，喜欢它的和不喜欢它的。

变换不定的巴黎天气，时晴时雨，
翻了一会儿书，不知雨已停了。
黄昏将至，天色可爱极了，
湿漉漉的街道，车灯映照在水中，
干净的楼房和树木，时髦和不时髦的人。

寻访故地 | 巴黎
Moi, que je pense, je suis

巴黎到底是什么呢？巴黎是一本巨大的参考书，是一个被像百科全书一样来查阅的城市，打开这本书，它给你一连串的信息，包罗万象，为别的城市望尘莫及。

——伊塔洛·卡尔维诺

► 沿着学校大楼向上，一分钟就走到索邦广场，非常小，很难想象1968年动摇了法国政坛的学运从这里酝酿。

沿着学院大楼向上,一分钟就走到索邦广场,非常小,很难想象1968年动摇了法国政坛的学运从这里酝酿。但格外关注更因为这场学运在精神上受到了中国"文化大革命"的影响,文化的误读和曲解,人是多么容易狂热和盲从。

　　游荡在巴黎,想去的地方都顺利找到,Rue Champollion、Café de Flore、Les deux Margots还有面对着它的教堂——笛卡尔长眠之地,一句"我思故我在"

（Moi,que je pense, je suis），写出了如诗的哲学。

上过中学的人就知道笛卡尔坐标系，大名鼎鼎。但一句"我思故我在"尤其传播了他的声名。还是中文翻译的好，无论是文字美感还是深层意境，提升的何止一点。

Café de Flore（花神）是加缪和萨特当年常常出入的地方，这里激荡出存在主义，亦是杜拉斯的最爱，Les deux Margots（双叟），海明威比较喜欢这一家，感觉也比较合海明威的气质。其实一切都是后人的宣传，不过为了招揽生意，说是延续什么文化气息，这本身就已是旅游项目。下午四点多钟到了两家咖啡馆门前，人很多，且相当一部分是观光客，人人都想来一亲芳泽。

吃饭前，在旁边书店买到0.2欧元萨冈小说一本，没有中文本，也就没有中文名字，我权且译作《化妆的女人》。应该不是萨冈的名作，那个时候，萨岗很可能已经没有符合公众期待的作品了。但我这中国人，因为喜欢《你好忧愁》，仍然一见钟情地买下了这本书。

漫步蒙马特，沿红磨坊旁边小路上去200米就是《天使艾米丽》中艾米丽工作的咖啡馆，巴黎不少美女都在咖啡馆或者酒吧工作。再往上走一点点，一个三岔路口，左手拐弯，一栋白色楼房顶层某一间曾经是提奥的家，1886年到1888年梵高也住在这里，这房子因梵高引得很多人注目，但我觉得，它的价值在于是提奥和梵高共同居住。这世上，不会有比提奥更好的兄弟。西方文学的传统是《殉情记》一路，提奥和梵高的故事是罕见的一个男人因为另一个男人而死。男人之间的亲密情感和女人的闺蜜状态不同，多一份赏识和相惜，境界大，因此更美。

▶ 王尔德之墓，全拉雪兹人气最高。虽然巴黎市政府1992年明定这是受保护的文物，但全世界人都视而不见。

在Kleber大街找到27号，可是没有一点点的文字标注，说明这里曾是第一个中国驻法公使馆所在地，以至于我要怀疑中国大使馆的说明有误。这里不是热闹的商业街，经过的人不是很多，大约无人知道这个门牌后面的历史。不过当时任驻法公使的这个人以及他的家族却是中国清末历史重要的一部分。

如今的中国大使馆倒不难找，顾维钧是第一任驻法大使。很喜欢那条街的名字"乔治五世大街"。一对大约来自南欧的夫妻不认识中国国旗，走到名牌跟前看了下，恍然大悟说是Chine。我对这一幕相当惊骇，说明永远别想当然。

寻访王尔德临终旅馆，路上经过Rue de Buci。是兰波居住巴黎时混迹的地方。王尔德的旅馆在闹中取静的Rue des Beaux-arts，里面没什么人，静得很，悄悄到处看看，无人干涉。这是一间旧式旅馆，空间狭小，摆设就像法国电影里几

巴黎 | 寻访故地
Ville de Paris

▼淋着雨找普鲁斯特的餐厅和故街,都找不到,没有门牌是51的餐厅,也没有看上去像中文译名的法语街道。玛德琳教堂附近是普鲁斯特小时候生活的区域,不知道这个玛德琳和玛德琳蛋糕在命名上有什么关联,但普鲁斯特的《追忆》靠了这蛋糕稍稍有一点普及性。大部分人对普鲁斯特的迷恋来自于想象,全因《追忆逝水年华》这六个字太美,这是中文的功劳,和普鲁斯特没什么关系。

注:照片中即为门牌号51的餐厅,许久后终于寻到。在这里,普鲁斯特写了部分章节的《追忆逝水年华》。

084

巴黎 | 寻访故地
Ville de Paris

▶ 王尔德的旅馆在闹中取静的 Rue des Beaux-arts，门口标注是四星级。照了外面后，小心翼翼进去，静得很，无人在意我。

至一百年前的法国旅馆的样子。而一百一十一年前，王尔德就行走在这里。穿过门厅便是旅馆的楼梯间，也是旅馆的中心。旅馆内部呈螺旋式布局，因而所有的房间成环状，站在楼梯部位可以看到天顶。再往里，右手边是个很小的酒吧，左侧则是书房，面积也不大。一排书架靠墙放着，一眼就看到中间那一格的下面放着王尔德的照片。凝望着照片，不能相信自己和王尔德如此接近。

一层一层走上去直到顶层，但并没有一间屋子标明这里曾经住过奥斯卡·王尔德——1900年11月30日，一位伟大的天才病殁于此。

下了楼，依旧在前厅徘徊，有个男人出来问我有何事，我说可以看看王尔德的房间吗？他说那间房有人，我说知道，只是看看。他问我是否住在这里，我说不是，他说只有客人可以去到客房部分。我问是否所有的房间都在这里，没有别的房间，他说是。那么他不知道，我早已看过所有的房间，还有什么能上楼不能上楼。又问知道是哪一间房吗？他说不能告诉我。他有道理，不该什么人都可以随便进来参观，但他说这些话的时候，好似在为旅馆拉客人。我道谢离去，出门后回头看到他还在那里，仿佛监视一般。我想，恐怕百年来不少人偷偷去看过那间房。按照摄影界说法，被允许了才去照相就没有好照片了。拜访名人故地也是一样。而且悄悄去探访更有幽会的感觉，单单属于两个人的心灵交汇。

关于王尔德，非常同意某一版传记作者的观点，无论他做了什么，这些都不谈，英国迫害了一个天才，这是最可恨的。

出来发现，旅馆外面的牌子果然写错了，王尔德生于1854年，这里写成1856，居然大喇喇地挂了几十年。

在塞纳河边找到卡蜜儿的故居，19 Rue de Quai Bourbon，波旁码头路19号。这里卡蜜儿住了十四年，是她生命最饱满的时间，有丰盈的幸福和彻骨的痛苦。

这两日看过的故居里，卡蜜儿的最美，紧挨着塞纳河。电影里有她走在石头围栏上的镜头，她真正是塞纳河边的少女。不经意想起，她，还有王尔德、海明威、兰波，四个人都死的凄惨。而生时无论有没有声名，是否得意过，也都承受过巨大的折磨。是他们这一类人的不幸，也是人生的真相——世间不如意事，十之七八——有才华的人尤甚。

PS：查到王尔德的房间号是16。这个旅馆当年叫做阿尔萨斯，如今名为巴黎旅馆，名头盖的大了点。

乔伊斯的故居就在海明威的斜对面，当年二人该有很多交集。乔伊斯在这71号住了好久，不过是只寄居蟹，能让朋友当很久寄居蟹的人这世上不多了。院子大门进去是条窄窄的小道，两面是大石头砌的高墙，如今是春天，有青绿的枝叶从墙那边伸过来。乔伊斯当年日日经过这条小道回到居住的地方。

于一家碟店避雨，出得店来雨已经停了，微弱的阳光从乌云后透出来，映射在薄湿的路面上，泛着微金的光芒。已近黄昏，天色很好看，走在路上，风吹着湿衣服有点冷，但这冷是春寒，令人愉快。街上人依然很多，巴黎是一个红尘，少有的同时充满了浓郁市井味道和艺术气息的城市。

经过一家 Tabac，看到三月号的《电影手册》，封皮上有法国地图，下面写着一行小字——法国，谁还想念着电影。

于 Rue de Rennes 寻访 Saint Sulcipe 教堂，《达芬奇密码》里面的教堂。不过当时没有能够在这里实景拍摄，因为教堂方面认为作者亵渎了他们的信仰。听说里面的管风琴是全欧洲教堂里最好的，上个世纪两位风琴师掌管它长达一百年，其中一位管理了六十多年，灵魂都在里面了。

► 大门进去是条窄窄的小道,两面是大石头砌的高墙,如今是春天,有青绿的枝叶从墙那边伸过来。乔伊斯当年日日经过这条小道回到居住的地方。

巴黎 ｜ 在巴黎
Ville de Paris

▼ 阳光下的塞纳河畔。

影院篇
电光剧影
The Ghost Writer

巴黎

去法国电影博物馆（法国电影资料馆），馆藏很多，不过展出的很少，可以说是精简朴素的过了头，感觉没看到什么东西，很是诧异。一转念也能理解，如果都像中国电影博物馆那样，两座大楼也堆不下。第一次近距离接触到奥斯卡小金人，并不好看。展柜里有1968年《电影手册》一本，其实不过是法国的一本电影杂志，但真是让人仰慕，几乎有膜拜的感觉。1968年——世界电影的好时光。里面还有一些影片的多媒体放映，看到早期欧洲和美国的电影，大多是默片，包括卓别林的《摩登时代》。卓别林大约是美国电影人里对欧洲影响最大的。

著名的 Rue Champollion 短小的可怜，香波和拉丁区电影院极其小巧朴素。巴黎影院的好处就在这里，习惯了院线影院，完全忘记了电影院和豪华大型一点关系都没有，它就是用来放电影看电影的地方，很可能就是容纳几十人的一间屋子。更像大陆十几年前很流行的录像厅。

艺术影院不见得放很晦涩的影片，只是相对于好莱坞为主导的商业大片而言。香波在放科波拉父女的专场，夜场电影有波兰斯基10年新片《影子写手》。拉丁区影院则在做维斯康蒂影展，颇为心动。早在网上看到巴黎影院以夜场招揽顾客，有的还带早餐。果然，9欧元看三部影片和15欧元带早餐的夜场，很是吸引人。

晚餐在Paul面包店，坐到二楼看窗外风景。窗外气象平平，倒是右手边两对聊天的中老年女子引人注目。想起某年夏天北京夏夜，和朋友散步到后海，看见两个中年女子同船游于水上，她们大声说笑。当时我们说，希望我们人到中年也能这样。

► 法国电影资料馆

巴黎 | 影院篇
Ville de Paris

▼ 再回到香波已是晚上七点多，电影院外一条不长不短的队伍。这样的影院不是用来约会的，所以大多数人是独自来，而且中老年人居多。一个城市的气质就是这么培养起来的。

▼ 影为法国三大电影院线之一。相对于私人和独立影院，算是商业化的。

再回到香波已是晚上七点多，影院外一条不长不短的队伍。这样的影院不是用来约会的，所以大多数人是独自来，而且中老年人居多。一个城市的气质就是这么培养起来的。

这一些人，晚上出来看一场电影，散场后或者和朋友喝杯咖啡聊聊影片，或者将感觉放在心里决定不与他人分享只独自回味。一个人，慢慢地踱过巴黎街道回家，穿越冬日的寒冷或者夏日的暖风。巴黎的大街小巷，每一个夜晚都有这么一些人出没，而这场电影还不能在主流院线看，那里房屋太新灯光太亮，放映的电影也以主流商业电影为主，巴黎夜晚的散场一定只能在窄窄街道上的小小私人影院发生。

今天这场《人和神》依然以中老年女子为主，坐在我右手边的是四十来岁，也许是三十来岁的优雅年轻男人，在全场人中实属罕见。小而干净的影厅大约可容纳一百五十人，上座率四分之一弱，以影片时段而言，不差了。出来时等待下一场的人多一些，毕竟很多人下班后才能来，感觉还是中年人多，看来香波果真是老巴黎人的去处。电影放映中途我几次几乎睡着，煞风景，怎么成了在电影院里睡觉的人啦。

最令人感动的是除了一位女士在影片刚一结束就退场——非常安静的从边门出去，余下的所有人在影片打出最后一行字幕时才起身。想起在中国给学生上课的情景，字幕一出现便是一片桌椅移动之声，我说这不是电影院，电影一结束就可以走。现在看起来，就算是电影院，也不意味着电影结束就可以走。或者，当然可以走，但如果真的尊重电影，尊重每一个为它努力过的人，是不是应该看到最后一秒钟呢？

迪南 Dinan | 布列塔尼

去Reception退房，问是否可以搭便车去迪南，这个法国女子教我把要去的地点写在纸上，人家看到就可以知道是否和他去同样的地方，判断要不要带我。我问大概多长时间可以搭到车，她说也许五分钟，这是一个乐观的估计，给了我信心。最后看一眼清晨的海滩，远处的天空居然出现一抹彩虹，海滩上站了一个女孩子，赶紧拍下这美妙的瞬间。

市里的公路上搭不到车，必须得走到往高速公路去的地方。虽然有地图，还是在一个十字路口不知何去何从。旁边一栋楼上一个女子在三楼的窗口叫我，问我去哪里？隔得太远听不清，她要我等她，下来和我说。片刻她下来，还穿着晨褛，活像欧洲电影里的情景。要去的方向就在马路对面，这女子指给我。

极好的开始，异常顺利地搭到去迪南的车，绝对不到五分钟。开车的是二十几岁的阿拉伯裔男子，面相很善。实际上，这种情况下，一般都会选择上车而不会去考虑什么不搭乘单身男人的车。换一个角度，单身女子就比单身男人安全吗？当然，有几秒钟的时间可以决定要不要上车，就是拉开车门问司机是否去你要去的地方时那一点时间，而评判标准无非是对方顺眼不顺眼，这全靠直觉和运气。

这个小伙一路上不太说话，只听音乐。我呢，乐得欣赏窗外风景。前辈有名言，就算搭他的车也没义务陪他聊天。

迪南的青旅每年十月初就进入闭门时间，一般的旅馆对我而言太贵，于是决定在外面过一夜。城区里试验了数个地方觉得不合适，还是去沿河的船上找一处

▶ 河上一片朦胧，如烟如雾的清晨。月亮尚在，白昼之月。

地方。这是在卡昂积累的经验,凡有水处就多半可以找到船只过夜。那艘小游艇是下午就看好的,最合适,主要是因为我能进去。有些船是上锁的。唯一的问题是要挑个无人发现的时机进去,这个不难,他们的夜晚外面的人总是很少。

一夜冻的不行,十月份而已,没想到这么冷,心里只想着再也不玩这一套了。熬到早上八点多,天渐渐放亮,抖抖索索地钻出游艇。河上一片朦胧,如烟如雾的清晨。月亮尚在,白昼之月。站在桥上望远处,沿河一条条小船笼罩在雾中,一艘船的船头站着一只鸟,应该是鱼鹰。

孔卡尔诺 Concarneau | 布列塔尼

  我住的房间面朝大海，床位更是紧挨着窗户。五米之外就是布满岩石的海滩，可听着海浪入睡，听着海浪醒来。这个青旅选了多么好的位置。这风景值得好的房价，但因为级别不高，所以相对便宜。

  六点多醒来，看窗外，刹时呆了，一艘船正从远处航来，夜色中灯光点点，是船上的星星。从未见过如此美景，我已不懂得该如何用语言形容那时情景，忙叫对床的法国女子看，她大约不是第一次见此景象。我那一刻是只觉得幸福。

  早饭不是自助，Reception 替客人准备一切，家庭式青旅，都像我们的农家乐了。有眼光的商人可以投资一个农家乐连锁，就像青旅这样。旅行者，尤其是单身旅行者太需要干净便宜又可以遇到有趣的人的住处。

  靠水的地方自然水中运动发达些，这间青旅隔壁便是水手学校。很爱 Marin 这个法语词，若是女子便是 Une famme marin，但女水手罕见，并无阴性词。历史上著名的女海盗倒有几个。

  去著名的城中城，是从陆地上延伸到海里的一个极小的堡中之城，以一个吊桥和陆地连接。进去后发现真的很小，就一条主路，两边尽是餐厅商店。但入口处有一个小小博物馆，布列塔尼文化中的一半和海洋有关，剩下一半是它们的风俗——博物馆里正有个展览，宣传条幅上画着一个身着布列塔尼渔民衣服的男人，真像我们北方农民，蓝布衣裤和帽子，颜色和款式都差不多。怪了，某些法国人怎么就那么像中国人呢。周日，很多商店不开门，气氛冷清。而城市小到人心里

布列塔尼｜孔卡尔诺
Bretagne

▼ 这个青旅选了多么好的位置。这风景值得好的房价，但因为级别不高，所以相对便宜。

▼ 小船儿轻轻漂荡在水上。

发慌，此时只觉得多呆一天也受不了。初见海的喜悦——昨天下午到达这里时的那种喜悦消失不见。

晚上的城中城，就像个死城。明明有人，你知道他们存在，就在离你几米远的地方，但一个都看不到，也听不到声音。就算餐厅有灯光，还是不觉得有人的气息——怎么可以这么静？聊天声都听不到。

法国，西方亦普遍如此——小环境热闹——这叫社交圈，大环境静——这是公德不应打扰别人。中国恰好相反，大环境热闹，小环境静。

第二天下楼早饭，Reception不在，我就进厨房拿了需要的食物、黄油、果酱什么的，没觉得有什么问题。过了一会，一个男孩子下来——之前在旅舍里遇见过，长得非常细致清秀。这次他和一个女孩子一起，和他一样的可爱美丽。我没有见过这样好看的一对，说璧人华丽了一点，他们害羞低调。男孩去厨房找东西，不幸得很，Reception恰好出现，问男孩要什么。男孩还没有回答，Recep-tion一边以手势示意，一边说："你先从我的厨房出来。"我听得大乐，"我的厨房"，这个Reception很爱惜自己这份工作呢。

雷恩 Renne | 布列塔尼

去火车站取消了回格勒的火车票，但为此得付来时的全价票，因为我的优惠卡是必须买往返程车票。最终180欧元票款只退回25欧元。

照例去公路上可搭车地方等车。向一个老太太问路，得知我Faire du Stop，她大为惊讶且不赞同，只能祝我好运。她不知我已这样游遍了布列塔尼。不是法国人谨慎，就是我太冒险。

雷恩天气很好，道路两边都是金黄色高高的树，极美。我慢慢走去市中心，又慢慢一路问到青年旅舍。快到的时候向路边人家刚出门的一位老太太打听，我才说了旅馆所在区域的名字，老太太就说你找青年旅舍？

市中心广场上有一个法国红十字会办的一百五十年来人类战争和红十字会有关的照片、或者由红十字会拍摄的照片的展览。一个白色的大帐篷，门口竖立着一个立体的真人大小的纸板，是本世纪初日俄战争中一个日本卫生兵背负着一个日本伤员的图景。看得很来气，这战争发生在中国土地上，要说战争的愚蠢和残酷，那也该表现中国百姓的苦难。而国人不了解本国历史，还指望谁来替你记住，也就难怪人家曲解。

展出的照片涵盖一百五十年，从19世纪上半期到20世纪下半期，连美国内战都有，却没有一张关乎日本侵华战争中中国人民的苦难。不但没有，还有一张1950年一个日本妇女收到战俘营里丈夫来信的照片——仿佛她们才是受害者。

▶ 雷恩秋阳

布列塔尼 | 雷恩
Bretagne

▼ 教堂的光

阿尔勒 Arles | 普罗旺斯

旅舍五点才开门,于是背着包逛街。城市很小,两三个小时大可转一圈。回到旅舍门口,差不多和我同时来的德国小哥还在,居然一直等着。我服了,问为什么,有这时间可以逛市中心两圈了,他笑笑不说话。

这里的青旅办到国际会员卡,却不能立即用,大约要等到年底或者明年。房间门很Shock,没有锁,服务员说用Trop Fort力量推门就好——这也太强了,大约是为了方便八人一间房的来来回回。同屋两个加拿大女孩,英语说的好似舌头会打结,美式英语未免太没有气节。说起加拿大的诸多方便——饮用水、咖啡、厕所,北美的服务精神多过欧洲,地广人稀公用资源丰富。

这是一个一半属于梵高的城市,这个情感强烈渴望表达自己的荷兰人成就了阿尔勒。夜间咖啡馆和绘画中的很像,但人太多,场面也铺开的很大,除了那些刻意的提示,非常缺乏感觉。然而它大样不改的在那里,已经很好。

和西班牙的历史渊源,阿尔勒还是一个充斥斗牛文化的城市,梵高也曾经画过以斗牛为主题的作品。至今表现斗牛文化的明信片和绘画到处可见,几乎会觉得这是一个西班牙城市。而华丽的斗牛服让那些男人性感无比。

清晨八点多赶去梵高桥,穿过长长已经废弃的铁轨,世上最浪漫的地方之一。待到得木桥发现从市里头二十多分钟就可步行到达,一直也觉得梵高不可能有那样的体力走去很远的地方。桥是新桥,仅仅为了缅怀而存在。周围环境和当年没有大改,但无论多么努力也找不回梵高当年的情致。

▼ 道路指示牌，第三行为梵高桥。

▼ 夜间咖啡馆

普罗旺斯 | 安纳西
Provence-Alpes-Côte d'Azur

▼ 安纳西 爱桥

赛特 Sète ｜ 普罗旺斯

　　到赛特的时候是晚上八点多，突然看到海的时候很激动，这就是地中海啊地中海，从小就在书上读到的美丽名字。对于我这个内陆城市长大的人，海洋更是少见多怪。出了火车站就逮人问青年旅舍怎么走，遇到好心的中年女子，说那里很远啊，走路要一个小时，要开车送我去。他们是舒服久了，两公里路居然算出要一个小时。不过真的很感谢她，一路上和我聊天，说很佩服我一个人出来旅行，

世界尽头 ◀

法语不好的我居然神奇地听懂她大部分的话。中途她停在一间餐厅门口，因为约了儿子吃饭——十五岁的男孩子，现在要和他说一声。临去前还问我喝什么，我说不用啊。可她回来的时候还是带了一瓶可乐给我，虽然谢绝了，但心意感人。

法国南部城市阿拉伯人比较多，这里也不例外，某些区域显然是阿拉伯人聚集区。穿越这些地区的时候他们人数多到令我不安，很多人脸上有麻木和不愉快的神情。也许只是我的错觉。但对于在法国的他们来说，生活到底有多少欢愉可言。

水手墓是赛特最吸引我的地方，是个比活着的赛特城更华丽的世界。起初看到这个名字以为墓地埋葬的是水手，最开始确实是为了这个目的，里面最大的、应该也是最初的墓室是建给当地水手学校的学生。但之后便成为全赛特人死后的去处。一个个看过去全是家族墓地，这里活到九十多岁的人特别多，想来是空气好、生活单纯的原因。

墓碑很多，我看到的历史最久的有二百年，从19世纪初到21世纪初。中国经过历史风云的翻覆，不知道是否还有这样的地方存在。

PS：赛特的青旅号称可以望见海，我以为开窗即是海，其实是远望。三星级别，仍然是不错的地方。

HOLLAND

"荷兰的自由散漫,有迷醉的味道。"

在旅舍里有点像身在里斯本,
但更为东方再加上荷兰的自由散漫,
有迷醉的味道,甚至会想起鸦片馆。

阿姆斯特丹

阿姆斯特丹全部的风景和美皆依赖运河，它是运河文化的国度。本来该是海洋文化，但填海成了城里的河流，便很不一样了。那些依河而建的精致小巧的房屋实在漂亮，第一眼看见就喜欢上了阿姆斯特丹。

旅舍地段一流，就在红灯区旁边。白天已经有些女孩站在窗后，实在是不年轻又不美。开始不太好意思看她们，后来比较自然了。有些女孩不理你，最后看见的一个很友好地笑。不知道她们生意好不好，生意不好，政府应该补贴。因为

▼ Meetingpoint，我的旅舍。

全部去阿姆斯特丹的人都会慕这里的名来，她们支撑了很大一部分阿姆斯特丹的旅游业。

旅舍的气氛令人感觉有点像身在里斯本，但更为东方再加上荷兰的自由散漫，有迷醉的味道，甚至会想起鸦片馆。住客太多，房间古怪，虽然喜欢这里，但杂乱，颇多不舒适，住一夜已足够。

模仿一把王尔德

阿姆斯特丹
Aemsterdam

▼ 红灯区的趣致小店。完美诠释了何为创意、何为有趣、何为色情和艺术的区别。

海牙

早上出发去海牙,走到火车站已经十一点,买往返火车票被告知只有当日往返才有往返票。阿姆斯特丹到海牙不到一个小时路程,中间还得转趟车。欧洲火车系统非常细致,我初到不知,其实从旅舍走很近就到市中心火车站,从那里去海牙更近,票价也便宜些。但贵一点也不过往返不到21欧元。在德国遇到过一个小时多一点的单程票就24欧元,那个价钱惊人。

问明早从海牙返回的第一趟车,售票的女子替我查了说是八点二十五分。我问火车都准点吗?这个问题问的很强大,质疑了不止是荷兰还有全欧洲的火车。其实欧洲的火车相当准点——问题是出了法国,我搭乘的几趟火车全部出状况。

▶ 充满海边城市气息的小街。

荷兰名画"戴珍珠耳环的少女" ◀

▼ 北海之滨

▼ 墙边风景

120

LITHUANIA

"维尔纽斯这一直让我觉得乏善可陈的城市这一刻如此温柔而感伤。"

细雨中,卖花的老妇坐在树下的长椅上。
昨天就在这里唱歌的中年男人依然在唱,
他有很好的声音。
他们身后,一个老年男人在翻垃圾桶。

似水流年,
维尔纽斯这一直让我觉得乏善可陈的城市这一刻如此温柔而感伤。

维尔纽斯

去维尔纽斯的夜车人不多,一个人可占两个座位或者更多,想着夜里可以舒服一点。然而夜里也并没能舒服,后座一对情侣,一堆座位非要抱着挤在一起睡,害的我无法将椅子倾斜,实在窝火。斜前方两个男人一直说话,主要是一个大胡子一直说。后来他和坐在他后面的亚洲女孩说话。原来女孩是香港来的,自她上车我就一直想她是哪里来的,日本?韩国?很少有亚洲人去波罗的海沿岸国家。大胡子说他是俄罗斯人,然后就用中文说"你好、谢谢",还有"毛主席、毛泽东"。我这里暗笑,心道他和香港人说这个真是表错情。不过,他的发音算不错。

巴士奔驰在欧洲大陆的北端,手机短信显示车入立陶宛。不知道具体时间,

▼ 工艺品店门口的公鸡

► 坐在马桶上沉思的泥塑上帝　　　　　　　　　　　　　　　　　　泥塑贵妇 ◄

大约凌晨二点多。三点多时，天已有曙色，远处地平线尽头，暗蓝的天色中有太阳光，很是绚烂。车上很安静，所有人都在睡觉，除了车子开动的声音，没有其他声响。早上五点半不到就到了终点站，比原定时间早半个多小时。很喜欢这么早的时候走在城市的街头。虽然纬度比中国东北还北，但并不太冷。

走在城市街头，一会雨一会晴的天气，我告诉自己这是波罗地海飘来的雨。回旅舍的时候经过老城里的小广场，细雨中，卖花的老妇坐在树下的长椅上，昨天就在这里唱歌的中年男人依然在唱，他有很好的声音。他们身后，一个老年男人在翻垃圾桶。似水流年。维尔纽斯这让我觉得乏善可陈的城市这一刻如此温柔而感伤。

同屋两个摩洛哥裔男孩，如今一个还是法国人，一个移民加拿大。他们都说不喜欢法国，很明显——歧视。法国是全世界唯一把自由、平等、博爱挂在国旗上的国家，但却因充斥不同种族而产生歧视这个社会问题，真够讽刺。

维尔纽斯
Vilnius

► 老城广场,卖花老妇和吹笛少年。

桥头的工农兵塑像 ◀

"桥头有卖艺人在演奏手风琴,拉着欢快的曲子也觉得感伤。"

桥头有卖艺人在演奏手风琴,
欧洲街头拉手风琴的好多,
越往中欧、东欧越多,
就算拉着欢快的曲子也觉得感伤。

在华沙瓦津兹公园外一个女子卖她手绘的纪念品,
其中有一枚类似书签的物件上绘着一个波兰少年,
身穿白衬衫,无比灿烂的笑容,
一看就想到少先队员,阳光下健康明朗,
旧日波兰的印象。

里加

　　四个小时的车程，看到里加的河流时就被吸引，这是一个相当有中部欧洲情调的城市，和维尔纽斯完全不同。

　　原来格雷厄姆·格林说过里加是"北方巴黎"。到处都有熟人呢，因为格雷厄姆·格林，对里加又亲近几分。

　　里加的旅舍甚至好过克拉科夫，廉价优质、数量众多，证明里加是一个非常热门的旅游城市。现在住的旅舍每周三和周六晚是电影之夜，旅舍提供爆米花和饮料——好到不可想象。而另一个与众不同的特点是，Reception大多是年轻美丽的姑娘，Nice而养眼。

　　午后出去转了转，附近有流经里加三条河流的某一条，河上有小桥一座，上面有些同心锁。这是俗事，俗的没有任何看头。但看到估计是全欧洲最大的同心锁，很骇异，北地风格。桥头有卖艺人在演奏手风琴，欧洲街头拉手风琴的好多，越往中欧、东欧越多，就算拉着欢快的曲子也觉得感伤，因为永远联想到前苏联和所有前社会主义国家。在华沙瓦津兹公园外一个女子卖她手绘的纪念品，其中有一枚类似书签的物件上绘着一个波兰少年，身穿白衬衫，无比灿烂的笑容，一看就想到少先队员。阳光下健康明朗，旧日波兰的印象。

　　华沙市中心一小广场，一家露天咖啡店的音箱里放的英文歌反复在唱Don't worry be happy，无端的空气中就弥漫了颓废和忧伤。

　　晚上在厨房兼Common room和同屋的台湾女孩聊天看她在冰岛的照片，台

▶ 附近有流经里加三条河流的某一条,河上有小桥一座,上面有些同心锁。这是俗事,俗的没有任何看头,但看到估计是全欧洲最大的同心锁,很骇异,北地风格。

里加
Riga

► 在一家店门口发现像浑天仪或者地动仪的东西,又像一个说明从这里到哪里多少公里的地标。 放眼过去,全是看不懂的文字,研究了好久,发现类似英文"甜点"一词,恍然大悟,这是一个菜单。

湾女孩子是在这边学习的交换生，和朋友结伴旅行，她在冰岛，她的朋友在挪威。一个是台大政治系，一个学法律，女孩子学这两样，加倍厉害。一路而来，台湾交换生见的不多，加上克拉科夫遇见的男孩子一共三位，都是用功有大脑又独立。

午后 Check out，我去另一家旅舍。滞留一地时间较长的时候，我会换不同的地方住。同屋是个中年男人，整洁少言低沉。走路微微驼背，仿佛刻意要自己不引起他人注意，让我想起《霍乱时期的爱情》的男主角。

第二天的早餐有蔬菜和水果，方想起又到周日。里加的旅舍居然有一致的标准，周日健康早餐，可称豪华。上网空隙跑去拈水果吃，旁边一个中年白人女子突然用中文说你不要坐吗？字正腔圆。一惊，问为何会中文，她笑的小得意，我当然会，因为我从香港来，我在香港生活。So，就是那一类的香港英国人，父母是英国人，然后移居香港，孩子在香港长大，但上的是英文学校，所以虽然中文流利，依然是英文更好。这英国女子说她还学习电影，正在写剧本，她不但打算在里加拍电影，而且要在里加定居。很惊异，香港人都爱在加拿大定居，不过那是香港的华人，英国人犯不着去加拿大。她说冷，我补充还很没有意思。还有一句在心里，非但是冷，和百年前流放到澳大利亚亦没什么分别。

隔天旅舍里来了一对香港夫妻。他们第一站是俄罗斯，才知香港护照免签俄罗斯不过去年开始，双方互惠。谈到俄罗斯，以为物价会便宜，听那位妻子说了食住行的价钱，很惊诧何以这么贵，以俄罗斯的经济。下雨，大家都不出去。英国女子每天早上一定在 Common room，此时三人一会英语，一会普通话，偶尔一两个粤语说说旅行事。大家一致认为欧洲的好处是博物馆费用低廉，大陆动辄上百的门票让英国女子用广东话形容此为精神病。

英国女子不喜香港——人多，也不喜英国——物价太贵，而且有点闭塞吧。

午后天气好转，太阳出来。里加常是上午落半天雨，下半天晴。去了运河的桥上走走，风很大，最怪是海水看起来是黑色，如墨一般。黄昏时回来路上，一个小伙子街头弹吉他，曲子是电影《教父》里的配乐，走过又回头看一眼。泛滥的曲子，街头毕竟第一次听到，顿生相惜感。

找人帮忙在网上订票，因为用本地钱，得找在里加长住的人。先找英国女子，她说她没有银行卡，不喜欢用——这种潜台词都是不喜欢和银行打交道。平日有需要都托妈妈帮忙，然后付现金给妈妈。好，这个状况完全理解，现代金融制度坏处太多，且英国女子到底刚落户这里。那么找旅舍Reception——此刻当值的是美丽有点对眼的准妈妈，有时候我不知道她眼神看哪里。谁知她告诉我她没有银行卡，她说这听起来很疯狂，但是，如果可以不和银行打交道，我也很愿意。当然在现代社会不和银行打交道真的很疯狂。

下午搬回之前住的旅舍，继续请Reception帮忙网上买票。但她是有卡而卡上无钱，这也正常，于是等下一个Reception。谁知是一样的结果，实在太惊诧了。Reception说买东西付现金好了，道理说得通，但我不得不联想到里加的经济，看起来确实是不好，那意思仿佛完全没有存款。但奇怪的是，钱总得有地方放，那么多柜员机是做什么的，除非是她们的职业特殊，工资全部现金发放，否则怎么也说不通。要说她们不愿意帮我，这我不信。

凌晨四点隔壁床的男生还在看手机，怀着侥幸心理于黑暗中衣衫不整溜去厕所，以为他不会发现。从厕所回来，手机的光芒没有了，可确定他已睡了。正准备故伎重施快快钻回被窝，黑暗中突然听到他说Hi，机械的回了一句。眼睛看过去，他面对我侧躺在床上。心里大感古怪又觉有趣。

早上起床就更夸张，死活拽不出挂在上床的背包的带子。睡了一个人的缘故，

▶ 玻璃墙映射出的里加街景　　　　　　　　　　　　　像在童话故事里的小房子 ◀

床被死死顶在墙上。只好使劲把床往外拽，正做无用功，突然床被拉的和墙之间有了空隙，很轻松就把包拿下来。一回头，隔壁床的男生只穿着短裤动作极快地蹿回床上。这个景象多少有点骇异，但不好意思的还是我，都不记得有没有说谢谢。不过这个男孩就留下极深的印象。可是不知道他是谁，甚至从来没有看清过他的脸。旅途中遇到太多太多有趣的人，真是很喜欢。

"然而这是波罗的海,什么都够了。"

天气转好的缘故,波罗的海的水比想象中蓝,
远一点的地方还呈现出部分的绿色,
不知为何想象中会有灰蒙蒙的,

然而这是波罗的海,什么都够了。

塔林

晚上近七点到塔林，又风又雨，满世界找住处。一个旅舍爆满的周末。因为有一个类似于嘉年华的节日的缘故，价钱也都上涨。欧洲人超级喜欢找High，逢热闹就凑，真得很怕遇到他们的节日。到一家旅舍找住处，入口一个鞋柜满满各种球鞋，非常怪异，因为进去旅舍不能穿鞋。Common room 里全是男孩子，觉得自己非常不合适这里。Reception不算赖，指点给我两个他说比较便宜的旅舍，终于在其中一家找到空位。差一点就流落街头了——凄风苦雨中非常怀念里加的旅舍，有点后悔应该明天再来这里。新房间的同屋全是女性，混住间住的太多，反倒有点不习惯似的。

同屋的三个香港女生中有一个是独行的，我们两人自然就结了伴。她问要不要去市里的某个公园，塔林本地人说很好，但是离老城4公里。我心心念念的是看波罗的海。去公园会经过波罗的海，那就去。香港女孩就笑，说波罗地海很小的，真的没什么。我就说，知道没什么，可是是波罗的海啊，就是想看看这个地理书上的名词。

一早上阴雨天气，本以为一天泡汤了，可是午后太阳出来，情绪一下就好起来，这一天不会浪费。从旅社到海边步行不到二十分钟，路上穿过老城街道，节日还在继续，到处有穿着民族服装和好像嘉年华小丑服装的人，有些在表演很默剧的节目，香港女生就很喜欢和他们合影。后来无意看到地图上塔林本年度节日，才知道从4月底到6月5号之间这里有两个节日，一个是艺术节、一个就叫做老城节之类的。

天气转好的缘故，波罗的海的水比想象中要蓝，远一点的地方还呈现出部分

▶ 市中心一间餐厅门楣上的荷包蛋

墙上的匹诺曹 ◀

的绿色，不知为何我的想象中海水会是灰蒙蒙的。但真说有什么看头，那比爱琴海、地中海还有在里斯本和法国所有沿海城市看过的临近大西洋的水域都要差点，主要是气势太小。然而这是波罗的海，什么都够了。站在海边，香港女孩不断强调她的头发被吹乱的时候，问自己为何有这样的幸运可以在这里。

DENMARK

"发动机搅起水波,海水在船后分开又合上。"

第一次在欧洲白天坐船,可以看到白日的海景,
发动机搅起水波, 海水在船后分开又合上,
想起《出埃及记》。
一个男人坐在甲板椅子上,
抽烟斗,那情景真像电影。

哥本哈根

晚间十一点准时登车，到某个城市的车都是那一边的，所以这一趟是丹麦的 Eurolines。坐过的最好的，车子干净，人少。上车时只检票，不看护照，喜欢这种作风，不整日防着有人偷渡。

迷迷糊糊夜里三点多被丹麦检票员摇醒，以为要Check什么证件。好半天才明白是车要过海，全车人都下去上到客舱。都忘了柏林到哥本哈根要过海，看地图的时候还猜这车怎么过去。于是大家都穿了外套下车，我穿着夏天的衣服，出去就觉得冷，犹豫了片刻决定就这么上甲板吧。幸好风虽冷而不寒，居然可以在甲板上待着不发抖——有没有10度啊。

不到四点的海雾气蒙蒙，透过玻璃窗看出去，被发动机搅动的海水好像丝丝的冰缕，翻腾着，这就是小美人鱼的海啊，怪不得安徒生会写出这么动人的故事。只是在甲板上看真切了，反而感受不到如童话般的意味。清晨来临，阳光一点、一点地穿越水雾，渐渐光芒四射，海上日出。

原先订的旅舍在机场附近，实在是太远，只好另找住处。最便宜的20欧元一晚，六十人一间，这种房子非试一下不可了。入住后发现大部分床位没人。其实住不满的大间更好，空间大彼此不骚扰。但对面偏有人，后来回来，是个样貌异于常人的男人。虽然视觉上不那么舒服，但完全可忽视这一点和他和平相处。只是他看见来了新室友，就过来和我说话，而我确实不太想和他说话。思前想后跑去Reception要求换床，理由是对面床的男人很奇怪。Reception重复了一遍Strange，念起来意味深长。然后就给我换床了。旅行中第一次如此（我是不是该承认自己就是在歧视，但我真得不想继续留在那里）。

▶ 其实就在岸边的，不怎么美的小美人鱼。

哥本哈根
Copenhagen

▶ 遇到一个安徒生塑像,坐在路边,手拿一本书,比斯洛伐克的那一个木讷多了,不喜欢。而且如果不在丹麦,我肯定不能立刻判断出他是谁。

据闻是安徒生住过的20号。◀

奥尔堡

哥本哈根到奥尔堡仍然需要坐船,两地分属丹麦不同岛屿。依然是睡得昏沉时被叫醒,司机递过一张Boarding card,这一回知道是怎么回事了。但车不跟了,过海后换另一辆车,所以所有的行李拿下。在码头登船天蓝海阔,想到自己在北欧,正要去到奥尔堡——几乎是丹麦最北边的城市。

第一次在欧洲白天坐船,可以看到白日的海景。发动机搅起水波,海水在船后分开又合上,想起《出埃及记》。一个男人坐在甲板椅子上,抽烟斗,那情景真像电影。

到奥尔堡旅游信息中心拿了地图去向往很久的北欧最大的维京海盗遗址。从市中心出发,走路不到一个小时,实在也近。路过的区域是居住区,一家家都是独栋的房子,简朴精致,但也非常的人烟稀少。觉得欧洲大多数城市这种商业区和居住区分的极其清楚的模式很大程度是性格和文化所致。就像他们发达的博物馆文化,同类聚集。我们中国有个词"民族融合",西方是没有的,他们向来不融合,一个民族便成一个国家。

遗址比想象的更好,非常天然,保留着原始蛮荒的气息。虽然维京人不是原始人,而且活动时间持续到公元十世纪。但在欧洲历史上,公元十世纪依然是非常不发达的时期,很多文明都还没有形成,凡事基本都粗野地靠武力解决。

如今这里是人们散步休憩的地方,会有当地人来和早已消亡成为传说的海盗在一起度过一个下午。风吹过,低低密密的芦苇随风摇动,真如风吹麦浪。而风里似乎听到低吟的声音。海盗们早已长眠,但他们的传说被一代代流传。

▼ 维京海盗遗址里的马儿

▼ 遗址比想象的更好，非常天然，保留着原始蛮荒的气息。虽然维京人不是原始人，而且活动时间持续到公元十世纪。

奥尔堡
Aalborg

去往奥尔堡的船上,甲板上叼着烟斗的男人,那情景真像电影。

ITALY

"陌生的城市和街道，我又开始不断问路。"

陌生的城市和街道，我又开始不断问路。
第一次问的是一对男女，买了蛋糕回家晚饭的路上，
男人瘦小，女人高大，
这个男人第一次让我见识到意大利式的热情。
他不会英语，说不清楚，
干脆做姿势要我挽着他的手臂带我去，
虽然是玩笑，也够我乐的。

巴勒莫

到巴勒莫已经天黑,网订旅馆时它的路线指南说需要坐一趟小火车从机场到市里,害我折腾了很久寻找那根本就不存在的火车。最后是售票处的小姐说巴勒莫根本就没有小火车,只有汽车。这一回很顺利找到这趟汽车,我上车时没有多少人,不过要等发车时间,所以人就慢慢多起来。

其间上来几个意大利青年男女,男孩子长的不坏,我便多看两眼,其实意大利男人根本就不帅啊,长的体面点都值得多留意了。这个男孩子坐在我旁边隔了一个过道的位置。后来他问我是否中国人,然后和我说中文,有些惊奇,刚刚降落到意大利的土地,就遇到说中文的意大利人。聊了一会后,他就问我关于中国政治的问题,他的意思他是外国人所以看不到中国政治的真相。我如实告诉他我的感受,最后说其实中国人了解欧洲远远多于欧洲人了解中国。

没有任何负气的意思,这个意大利人也只是好奇没有恶意。但不知为何,我很不喜欢他问我问题时的语气和用词,是我太敏感,还是太多的欧洲人探究过同样的问题?也许他们只是想了解,但我觉得他们想了解的背后已经有一种建立在一无所知基础上的偏见。这不是很无知吗?什么都不了解就有了某种想法和态度。

之后他问我住在哪里,我给他看抄下的地址,他说他知道这个地方,会帮我找到。结果下车时他几乎忘记了这件事似的,和一帮等待的朋友热情拥抱打招呼,回头想起我,指给我去的方向,根本什么都没有说嘛,那个方向,我自己也可找到。从头到尾不喜欢这个人。

陌生的城市和街道,我又开始不断问路。第一次问的是一对男女,买了蛋糕

Bagheria,教父三里麦克和凯分开多年后再次相遇之地。原影片是在摄影棚里拍摄这一幕,但是场景按照这个火车站搭建。

回家晚饭的路上,男人瘦小,女人高大。这个男人让我第一次见识到意大利式的热情。他不会英语,说不清楚,干脆做姿势要我挽着他的手臂带我去,虽然是玩笑,也够我乐的。

终于找到旅馆,超级有Feeling的名字——Firence。旅馆位置很好,就在市中心。但晚上在街道中经不同的指点转了一大圈后,只知道是在某个小巷里,而且是看起来有点贫民区的小巷。但这种地方的房子好处在于很当地,而且是一栋需要探索的楼,拐来拐去犹如探险。这让我非常好奇,你不知道会走到哪里,发现什么。房子奇特,更令我着迷的是它的房门钥匙,好似国际象棋的棋子,拿着这样的钥匙我好像神秘的西洋棋手。

意大利的旅馆价位和之前的国家已经不在一个水准上,四人一间的房子,非常拥挤,也没有什么特别有用的实惠,比如免费早餐。唯一的好处是有免费电脑,

巴勒莫
Palermo

▼ 全世界独一无二的十字路口，四角的楼房相对的那一面，均有一组雕塑。

▼ Treatro massino（大剧院），这个台阶，就是教父被行刺的地方

且能看到中文网页。于是晚上余下的时间都消磨在网上，而不是逛夜街。

PS：见十四五岁少年驾着单人马车奔驰过街头，纵情狂放。瞬时时空交错，这是什么世纪？哪个时代？时代中的哪一年？

西西里人的英语不好，也别指望一般人都能说点法语，但他们热情，而且善用也爱用肢体语言，因此就不必非要借助语言这种工具交流。这是一种不求甚解的态度，或者因此他们有更淳朴的民风。

夜色降临，城市本色才现，满街人潮，巴勒莫不负西西里首府城市之名，亦不负为意大利城市——一句话，浓烈的消费气息。去市中心路上经过Treatro Ma—ssino，这是意大利语名字，就是大剧院，《教父》三中教父看儿子唱歌剧的地方。

再次从旅馆出门时发现道路严重堵塞，一个宗教仪式正在进行中。身着神职人员服装的人抬着棺木状的东西，一路唱着意大利语宗教歌曲，悲情缠绵。

我随大队人马走到路口，他们右转，我则直走。穿过马路，往前五十米，是巴勒莫市政厅。《教父》第三集中，这里曾为麦克的归来打开。市政厅前面的空地上是全世界都罕见的一组裸雕，意思是所有的的雕塑都是不穿衣服或者仅有少量象征意义的遮蔽。

西方在雕塑和绘画上对人体的具象表述和膜拜，不能不认为也直接影响到他们对性的态度。

雅典的底层民众是黑人，巴勒莫则是印度人，满街印度人的摊头。不懂他们如何飘洋过海选择这里落脚，这里甚至中国人都很少。

卡塔尼亚

六点三十八分的火车,于是退的是前一天的房。凌晨四五点去火车站,非常喜欢这样打破日常生活的状态。本人证明西西里是很安全的地方,半夜三更一个女孩子走在街上绝无问题。

火车停的第一站是Bagheria,《教父3》里麦克和凯分开多年后再次相遇之地。原影片是在摄影棚里拍摄这一幕,但是场景按照这个火车站搭建,所以不如看原型。车停了匆匆跃下照了张相赶快跳上车,这样小的站,车随时都会开,一不小心就被落到车下。果然我刚上来,就见司机探头张望一番,随即关了车门。车太小,司机兼了所有工作,也无人查票。不操心的生活,人能不纠缠于生活琐碎这是多高的境界。

Catania在西西里的东南方,巴勒莫在西北,所以火车几乎穿越整个西西里。但全部时间不过三个小时。从头至尾,乘客上上下下,我目光所及从未超过十人。

按照订房时旅馆自身的路线描述,它果然穿越鱼市场,不只是鱼市场,是一个大大的菜市场。很久没有看到这么集中的生活气象,放了行李就去逛。到一家面包店买面包,女孩只会意大利语,说什么我也不懂,离开前最后一句话她见我还是不懂,索性挥了挥手,那意思好像不说了,你可以走了,逗死了。

这里的旅馆和巴勒莫的一样应该都很西西里吧,没去过上边,不知道是什么样子,但这里那种南边的风情很浓——浪漫的偏差的不负责任的想象——有些部分令我联想到南美,尤其是阿根廷。绿色一栏一栏的木质阳台门让我想到《春光乍泄》。

Catania是西西里的大城市，市中心有著名的Etna大道，名字来自附近一座著名火山。大道起点是一个小小的美丽广场，有一个怪异的大象雕塑，当地人坐在雕塑台阶上消磨时间，外地人照相。顺着走不远就到了另一个广场，欧洲这边的广场是基于Place的各种变体，很多时候就是个小空地。一个城市可能有数百个叫做Place的地方，多到觉得无聊。

来这个城市因为打算去看Etna火山——余下的时间三心二意，有数个选择。这导致我早上请Reception安排第二、三天行程时非常犹豫不定，一副糊涂没有主见的混乱样子。晚上的Reception是无比热情好说话的男孩子，而且熟悉在西西里拍摄的很多电影，比如玛莲娜——《西西里的美丽传说》女主角的名字，原片名。还有我爱的仅次于教父的《天堂电影院》。

于是不再变来变去，行程决定为电影之旅——去这几部著名电影的外景地，无比西西里的小城Siracusa和Cefalu。

敬业的男孩放下吃了一半的饭为我们（我，还有在旅馆偶遇的，在瑞典交换学习的一个中国女孩子。）拿地图标识地点——他每天晚上吃Pasta，自己说吃不厌。

切法罗
Cefalu

▼ 火山一日游时经过的古堡，远望真是美丽。

▼ 去Etna火山的路上拍到的16:9的照片。

切法罗

　　半夜两点上了大巴，在车上居然睡着了。迷糊中有人轻轻摇我，说到站了，赶紧拿上包下车。不知道是谁提醒我，谜团一个，真好心人。否则我惨了，不但去不了Cefalu，甚至会误了去马德里的飞机。这里下车需要转火车去Cefalu。凌晨四点多陌生地方的火车站，当然不用指望有人上班，站在自助售票机前对着意大利文发呆，旁边等车的大叔前来帮忙。买到票又对着看不明白的票发呆，问站里的一个女孩，她英文不好，说不清楚，索性带我穿过铁轨到了我该去的站台。怎么能够不爱西西里和西西里的人民。

　　坐在火车上天慢慢的亮，然后不知不觉的，火车就开到了海边，仿佛一伸手就可以够到海。

　　到Cefalu才清晨六点多，街上行人稀少，个别的早点铺子开了门。这里是城市也是渔村，非常小，外国人更是稀少。走在街上孩子就直直盯着我看，会特别的感受到自己是个外国人。这感觉不错，不成为大多数人通常都是好选择。

　　去旅游信息中心要地图，透过玻璃就看见里面二个女孩在聊天。其中一个坐在桌沿上，闲散的令人羡慕。要什么规范和纪律呢，谁又管他顾客至上。

　　找到Information问《天堂电影院》的拍摄地点，我说中文译过去的英文，他们立刻就能反应出是什么电影。一路这么译，听的人都懂，反倒是《西西里的美丽传说》——就算我说《玛莲娜》，好多人也不知道。

　　天堂电影院有两处主要外景地，很可惜这里找不到那个最终消失的电影院。

切法罗
Cefalu

当然它最终消失了,所以也就不存在一个能被找到的电影院。唯一能确定的场景是海边的渔村,可能是导演回来参加葬礼时和母亲住在一起的地方。这不是影片最令人印象深刻的部分,但有甚于无,凭海远眺,想象一下当时情景还是不错的。

没有第二个人,也没想到要拍照,回到火车站才想起来,丁是在车站留影。火车站的浪漫无以复加,尤其是Cefalu这样的地方。

▼ 海边的渔村,可能是导演回来参加葬礼时和母亲住在一起的地方。这不是影片最令人印象深刻的部分,但有甚于无,凭海远眺,想象一下当时情景还是不错的。

► 切法罗街景

锡拉库萨

仿佛只有我一个人到终点,虽然看不到任何迹象,但我知道市中心就在附近的某个地方,也许转个弯,也许你身后那栋楼的另一面就是热闹集市。开始问路,问路的结果永远是让你坐车。疯狂的西西里人的疯狂英语,在巴勒莫Right是左,Left是右;这边,看着1791,说着1761。据说意大利人都这样,我爱他们,当他们为笨拙的英语抱歉的时候,他们的手势已经什么都说明了。就像Catania旅馆里的中国女孩说的,在意大利就知道语言不重要了。

于是我按照1761的指示上了号码为1791的中巴车。上车向司机确定地点,对方完全不懂英语,但我给他看写好的广场名字就好。他点头表示对对,车上所有听到的人都回答我对,一车热情质朴的气氛,无比受关照宠爱啊。然后就有大妈招呼我坐下。人和人之间真是一点距离都没有。很奇怪也没有人提及买票的事,仿佛这是不需要票的服务车,但司机那里好像有一个打票的机器。

车子开了一小会,转了个弯,视野豁然开朗,海不知道从哪里就冒出来。在西西里,任何一辆车,火车、汽车随便开开都可能就开到海边,是真的沿着海岸线的那种,仿佛一伸手就可以碰到海水。对我这长年生活在内陆的人是无比的风景,次次都在心里欢喜惊叹。又开一小会,坐我旁边的女孩走到司机那里和他说了几句话,然后就招呼我可以在这里下车了,实际我很糊涂那里到底有没有车站。

我在欧洲得到过很多的关照,有时候身为外国人,有时候身为女子,但Sira-cusa这辆车的经历尤为温暖贴心。他们告诉我下了车沿着面前的小路往上走,右手转弯就是Plaza Duomo——《西西里的美丽传说》里玛莲娜踩着高跟鞋无数次走过的地方。

一进广场，迎面一个教堂。电影里面，数次，男人们站在教堂台阶上用他们贪婪的眼光盯着玛莲娜袅袅经过。教堂对面是咖啡馆，很多露天椅子，这里就更出名了，更多的视角从这里出发。玛莲娜每次走过，坐在这里无所事事的男人就开始饱暖思淫欲。

城市很小，广场很小，如果不想很快离开，就是来回地走。走着走着就到了好时辰，看到很多人在教堂门口，男人都穿黑色西装，女人也大多是黑色或者暗色套装。别误会，不是葬礼，是婚礼。运气真好，我赶上一场道地的西西里婚礼。教堂门大开，我大大方方进去看了全过程。

今天阳光灿烂，虽然声音不发光，可是每一对将要结婚的新人都会发光。

他们告诉我下了车沿着面前的小路往上走，右手转弯就是Plaza Duomo

《西西里的美丽传说》里玛德琳娜踩着高跟鞋无数次走过的地方。

锡拉库萨
Siracusa

时间还早,回到广场晃来晃去,又晃来一对照婚纱照的。可怜的小城市,左右就这个地方是必取之景点。看西西里婚纱摄影师工作很有意思。今天阳光灿烂,虽然声音不发光,可是每一对将要结婚的新人都会发光。

"爱琴海边的国家永远被蓝天碧海环绕。"

雅典天天都晴，
爱琴海边的国家永远被蓝天碧海环绕。
爱琴海是只属于希腊的，但它的美令全世界人着迷。
作为中国人，
我们不如先感谢第一个翻译这个名字的人，
谁给了他灵感？

雅典

  欧洲大雪，我该庆幸目的地是雅典，航班不至于取消，但延迟很久。欧洲区域内使用的航班大多是小飞机，远看都像玩具，非常可爱。

  到雅典下午五点半，不知道有一小时时差，疑惑了好久搞不清哪个时间是对的。我对时差超级不敏感，次次晕头转向。不说时间，地域的差异从温度就看出来，雅典温暖如春，走出机舱就感觉到暖气袭人，又不想脱衣服，很不舒服。脚就更受苦，完全没想到南欧如此之暖，没准备替换的鞋，只得穿着冬靴。

  一路问一路搭车，6欧元送到市区。遇到的雅典人都很好，但下了车问旅馆时就遇到点小麻烦，很多人不说英语或者干脆就是不知道。问到一个报刊亭，卖报的老男人不等我把话说完，就表示不会说英语，而且态度很差。

  旁边有一辆私家车，司机探头出来，表示愿意帮我。但他也搞不清楚旅馆在哪，拿了旅馆地址又去问我问过的报刊亭，当然问不到什么。后来问一个出租车司机，知道了大概的方向。他主动帮助我当然有巴尔干男人对女人的殷勤在里面，但也许不是很讨人喜欢的殷勤。在柏林曾受偶遇的中国女孩指点，说单身女性在巴尔干地区旅行要小心，他们男人对女人的态度有时很讨厌，是文化的问题。

  旅馆实在并不远，确定了大方向，走过去很快就找到。选这家旅馆因为号称一星，同样价位放弃了另一间。果然像个星级旅馆，有古老的摆设在每一层的过道里，整体装饰很古典，有一些的希腊风。Reception是样子很怪的希腊男人，八十岁左右，英语只剩口音，两个人花了好大力气才互相明白要什么。

► 绿树掩映下的民居，很想住在这里。

雅典
Αθήνα

▼ 有时候觉得很有意味,狗狗们趴在遗迹的门口,面朝遗迹大门里面,仿佛在看着什么。几千年前的遗迹、几千年后的狗,它们在一起彼此如此协调。

▼ 古代遗址中的现代人

房间开头只我一个人住，很快进来一个漂亮的墨西哥男孩。这个墨西哥男孩在西班牙学习体育科学——Sport Science。和他聊天，聊着聊着问我年龄，喜欢问年龄是全世界人的喜好。我说肯定比你大，他说不一定，我反问他年龄，他说你还没有告诉我。我顿时理直气壮说我是lady，你是boy，当然应该你告诉我你的年龄。他想要个平等，但想想，似乎我有理，便停止争议，告诉我他二十一岁。

来雅典是临时决定，所以功课做得很不够。但又是那么的熟悉，雅典卫城、雅典娜神庙、雅典娜女神和代表着她的这个名字——千禧年时白发歌手站在爱琴海岸水天之间吟唱的画面一直在心里。还有深深迷恋的圣斗士的故事。

依旧是步行穿越城市，雅典的机场离市中心有点距离，所以曾经认为雅典是个大城市，其实只是因为陌生的缘故。雅典的景点非常集中，步行一天都足够。卫城和神庙是所有去雅典的人都不会错过的地方。但和中国的一些城市一样，希腊旅游的问题在于历史太过悠久，一是残破，二是太古老的东西会和现代审美脱节，不看挂心，看了只像是给自己一个交代。所以说旅行很多时候是游弋与自身想象，和景点本身无关。

时间太久，很多景点被围起来，在保护中，以废墟的姿态存在。人不能进去，很多流浪狗以此为家，这是雅典一大景观。它们都喜欢去历史遗迹，那里安静又安逸。有时候觉得很有意味，狗狗们趴在遗迹门口，面朝遗迹大门里面，仿佛在看着什么。几千年前的遗迹、几千年后的狗，它们住一起彼此如此协调。

雅典卫城不能不去——其实差点决定不去的。大部分的旅行者都把时间花在没完没了的留影以及休息聊天，要么就是趴在城头俯瞰雅典城——这是件有趣的事。我停留了很久，感觉可以一直就这么看下去。视野里的一切都是静的，没有变化，但就是愿意这么看下去，享受这种感觉。偶尔有人经过，有小猫小狗在街上嬉戏。俯视之下的雅典城很美，因为又乱又脏的部分看不见了。

卫城和神庙之外，另一个不能不去的地方是奥林匹克运动场。体育场正对着大街，一览无余，若买3欧元的门票，便可以进去随便走随便坐。

国会前很多人和身着传统服装的景观卫兵合影。可笑的是有个军人上司管理合影之事，替他们整衣服，然后说一个个来。当然，国会这里警察也不少。一路走来，到处可见警察，验证了雅典治安不好的传言。主要是经济原因，可能会有一些罢工之类的事情，和罪案无关。

雅典的黑人很多，在阶层上非常统一，全部是社会底层，生存境况相当不好，至少我看到的全部是。街上摆摊卖廉价货的基本都是黑人，偶尔有其他种族的，

▼ 专门停下转身让我照相的希腊大兵，真是无比nice。

希腊人很少。这至少说明一件事情，希腊的黑人不太容易通过自身努力改变命运，或者他们安于现状，根本不想改变。如果是后者，和福利社会的弊端有关。这对于一个国家而言，肯定不是好事。无论如何，这样的情景看起来很不舒服，让人没有安全感。

PS：路上看到希腊军人三人同行，急忙照相。其中一个发现我的意图，居然停下脚步，转身向我，还示意他的同伴也停下配合我。直到我做手势告诉他们我照好了，他们才离去。真是无比Nice。

雅典天天都晴，爱琴海边的国家永远被蓝天碧海环绕。爱琴海是只属于希腊的，但它的美令全世界人着迷。作为中国人，我们不如先感谢第一个翻译这个名字的人，谁给了他灵感？让他译出这样美轮美奂的三个字。希腊人尤其应该感谢这个人，没有这个译名，所有中国人对希腊的向往都要大打折扣。

时间还早，中午Check out后，Reception允许我在旅馆大厅停留到我想走的时间。圣岛是自己在网上找来，不敢确认是否就是那个遍布蓝白相间房屋的小岛，问Reception，大叔的英文完全不能沟通。而对于希腊人，至少中国游客中非常流行的圣岛其实不是那么回事，他们根本搞不清楚是众多岛屿中的哪一个，终于崩溃放弃对这个问题的探究。

雅典港口蓝星代理处果然有晚上去圣岛的票，还是担心去错地方，向卖票小伙确定圣岛是否就是Santorini，是希腊最美丽的岛屿。他居然问你从哪里听来的，我不知道，我也从来没去过。Shock!!

雅典的码头真是一流的脏乱差，所有空间挤满小贩，遍地垃圾，简直不能相信雅典是这样的。当然又是一个翻译的问题，雅典在中文里是美好的不得了的字，多年来我们神话了这个国家。所有没有去过希腊的人，都是因为神的世

雅典

▶ 智慧和战争女神雅典娜，传说她劈开父亲宙斯的头颅而诞生。这算不算人类最早关于弑父这个意象的描述呢？

界想去希腊，从来没有想过人的世界是怎样的，谁了解希腊？谁都不了解。晚上七点的船，四点多就开始绕港口环行寻找2号码头。正目睹了雅典港的落日，船泊在夕阳中的港口，鸟儿飞过天空。这才有一点点想象中的美好，有一点——爱琴海的味道。

  法国的沿海城市经常落雨，这样美好的海上日落是在雅典第一次看到。一定要很晴朗的天气才会有金色的余晖掩映在云中的景象。这样的情景令我着迷。那些从我身边走过的希腊人，那些经常坐船往返于雅典和希腊诸岛之间的人早已毫无感觉，没有人抬眼看一看今天的落日，此时此刻的天空。当然，每天都这样。可是，没有两天的落日是一样的。

  走了很远才到2号码头。那个时候我不知道，那些在港口等车的人等的就是港口内部的通勤车，没有人会走四十分钟去码头上船。到达2号码头的时候天色将暗未暗，还有一抹残阳，远远就看到我的船——Blue Star二号。船和名字一样是蓝色的，在暗蓝的星空下闪闪发光，像一艘真正的豪华游轮。

  顺着铺着红毯的楼梯上到船的客舱，服务人员大多是中年男人，有些看起来相当有年龄，五十多岁了吧，穿上制服很有气质。船舱里面很美，可惜坐满了东倒西歪准备休息的人，没有什么绅士淑女衣香鬓影。船准时起航，天已全黑。我走到甲板上，在雅典星空下，看到城市的点点灯火渐渐远去，引航的灯塔一明一灭。这是完美的诗歌中的景象，一切都是最好的，不能更好了——天空大海时间我的来处去向的地方，可惜无人与我相遇在黑夜的海上。只有旁边女孩低低的饮泣声。失恋的女子？在雅典的夜船上，失恋都更加感伤浪漫。城市慢慢消失在视野中，只剩下黑色的海、白色的海浪、海浪声、发动机的声音，船卷起的水沫打到我的脸上。风很大，很冷。

  暗黑的海、船总让我想起"1900"，人怎能在海上度过一生？

▼ 街头卖面包的小摊

▼ 圣托里尼民居，伸出墙头的红花。

圣托里尼

零点刚过，船准时到达圣岛。码头上有不少人，接船的，拉客作生意的，我顿时没了主意。一般的城市我就走进市里，但圣岛，眼前居然只有山。正不知所措，有人主动来做我的生意，中年女子，车接去旅馆带住一晚25欧元。若还是在法国，我会认为这个价格很可接受。但经过中欧那几个住宿费用低廉的国家之后，这个价钱就很贵，但我没有选择。

大约十分钟车程到了旅馆，就是民宿。晚上看不清周围环境，但她说可以看到海，她会给我一间看得见海的房间。

海暂时看不见，但房间真的很好，比起几乎同样价位的法国某些城市的青旅，这一间是太好了。一个人独享的大床，舒适的房屋摆设，美丽的阳台门，还有明天早上推门就可见的爱琴海。

Santorini，我有一间看得见海的房间。醒来十点左右，推门到阳台，几乎不敢相信自己的眼睛，晴朗的天空下湛蓝的海水就在不远处熠熠发光。没有别的事情需要做，一切之后再说。把椅子挪到一个抬眼就见海的好位置，坐着写日记晒太阳。这是我的托斯卡纳阳光下。

阳光太强烈，虽然很想情调的时间长一点，但真扛不住，晒到差不多的时间出去溜达。十二点要退房所以没有走太远。走到离旅舍大约二十分钟的地方就沿阶梯往下走到居民区里。民居大都小巧可爱，各种颜色的房子，好像童话。教堂白色小小圆顶的房屋远处看去格外纯洁，加之英文名字第一个音节发音接近中文的圣字，所以就很方便的叫了圣岛，到和神圣、圣洁之类的没多大关系。但岛上居民会高兴，中国人这么称呼他们的家。

和雅典满街狗狗不同，这里是小猫的天下，有家养的，也有野掉的。常常经过一些人家的时候，看到院里的小猫，胆子大的盯着我看，胆小的就躲起来。

回旅馆退房，把钥匙给女老板，她非常热情地告别。欧洲这里的问题是他们有一分感情可以做出三分，不但希腊人如此，号称冷漠的法国人也如此。不是他们有多喜欢你，不过是个习惯，是表达情感的方式而已。但很容易被感染，若拿了中国人有三分显一分的情感去回应，多半就失望。

去了一家叫"sytheseni"的旅游品商店，女店主一口伦敦腔英语，她年轻时曾在伦敦学习过。店里的商品很特别，据店主介绍大多来自一个女人的手工制作。没有其他客人，我问是否可以待到她关店，她说当然可以。九点二十关门，女店主问我去哪里，我说找个地方等去港口的公车，她说他们开车送我去，这真是求之不得。很丢人的是上车时拎着背包居然上不去，一个趔趄就下来了，人家先生帮我拿着包等我上车再给我，下车时也是帮我拿着包。

到港口时几乎没有人，车子一直开到候船的大厅前面。她先生说夏天的时候这里全是人，车子完全开不过去。女店主要我等在车上，她先下去看看候船大厅是否开门，也是看看安全不安全。片刻她回来说没问题，就在这里等。三人告别，依依不舍无比热情，约了互写邮件，我再加一句希望在中国遇到她。她那里亲昵的称呼我为宝贝，甜蜜的仿佛认识了很久。蛮享受他们这种充满表现力的奔放情感，不必当真就好。

大厅里几乎无人，外头有一只看上去有点不正常的狗，没完没了地叫，疑心它是疯的，所以坚决不出去，免得被咬一口。港口虽然人很少，但有警察值夜，还是安全的。事实上，在欧洲很少感觉到不安全。

终于等到船，小岛一日有隔世感觉，长久生活于此如何忍受！

▶ 疑似废弃的灯塔。若猜测没错,那这是我见过最美的灯塔。萨福在这里等待过她的少年么?

SPAIN

"在暖暖冬日的阳光和风里,我慢慢走在安静小街上。"

在暖暖冬日的阳光和风里,
我慢慢走在安静小街上。
问问走走,
找到了在小巷中的塞万提斯安息的教堂,
虽然也仿若马德里和西班牙的名片,
但对普通人的生活仿似可有可无。

马德里

旅行的下一站永远是期待，经过的每一个地方，每一个城市我都爱到灵魂里。但是马德里独一无二，因这是三毛的马德里，没有三毛，这个城市对我没意义。

一下飞机就感受到西班牙人的热情，机场的Information资料齐全，最佳是机场去旅馆路线清楚，我这个初来的外乡人都能准确寻出上下车和转车地点。遗憾是旅舍Reception令人不太愉快，居然说需要我的学生证，只有学生才能住，而我已经没有有效期内的学生证。我说那么让我住这一晚吧，明天换旅馆。但她最终还是为我登记了住两天。订旅馆时记得是包早餐，但是没有，我以为自己弄错。后来同屋住进两个波兰女孩，她们说是有早餐的，去问，又说现在没有了。这是我住过的旅舍里唯一一家真实情况和网上介绍不符合的。

不是完全没有风景，我的上铺，一进房间我就选了这张床，地理位置之外，床头墙上李小龙的海报让我决定就是它了，这床该是我的。

可笑的是，厨房写了请不要把这里的东西拿走之类的话，难道有人偷走锅碗？这地方处处透着监管气息——西班牙独裁时代的遗留。唯一过的去的是浴室，和巴勒莫一样，有厕后清洗设备，但我怀疑有人用它。

房间已经有一个人住，人在阳台上，屋里他的一套音响放着音乐。过了一会，这人进来了，瘦瘦的中年男人，典型的欧洲背包漫游者——也许是全世界漫游。问来处，是法国波尔多，有点他乡遇故知。英语加法语地聊了起来。他过这样的生活已经两年，家里在巴黎开餐馆，怪不得他有找有时间这么晃荡。

► 马德里的拱廊门。

马德里
Madrid

► 提到塞万提斯,更动心的是他后面的人物——堂吉诃德,三毛的愁容骑士。第一次听到用愁容骑士形容堂吉诃德是从三毛这里,多么的形象,这个到处打抱不平的人有着多么不合时宜的古道热肠。

183

我们正聊着，又进来一个男孩，非常漂亮，我在旅途中未见过如此漂亮的男孩。但我忙着说完嘴头话题，没有顾得上和他打招呼。正为某个词汇思考时，这个男孩突然说起中文，喜欢他立刻断定我是中国人，常常被人第一印象判定为日本人。惊讶又惊喜，立刻和他用中国话聊起来。他是巴拿马人，曾在北大交换学习一年，所以……这一回是毕业回家，在马德里做最后的旅行，后天飞巴拿马。

　　男孩和朋友约了吃晚饭，很久未归，我担心他如何进门。深更半夜听到有人摁门铃，在上铺懒得下去，但听得无人理会，坚持了一会爬下床去开门。结果看到人家已经进来，倚在宿舍区入口的门框上吃披萨———他说太晚，餐厅关门了。

　　男人倚门通常有一种挑逗和不羁，但他的倚门，是贵妃醉酒，千娇百媚。

　　因为中国的关系，和巴拿马男孩同进退了。马德里很 Nice 的冬日，我们先一起去吃早饭。他不是第一次来，所以介绍我到旅舍旁边一家餐厅，说有很地道的西班牙早点。是一种很像油条的油炸食品，好比微型油条。抛开油炸这一层不谈，可算精致美味。特别值得一提的是他们家的热巧克力，从未见过这么浓郁的———浓情朱古力。全套才 2.95 欧元，付账的时候他拿了 5 欧元，然后说你只要付 2 欧元就行了。这有点意外，作为女人，非常受用，也不会拒绝这好意，临走时，收起小票作为纪念。

　　不只为纪念一个男孩的大方，而是他表现出的体贴和照顾。用餐过程中，他细心而且相当温柔的为我详细写下应去的地方和合适的路线———他认为的，在他的经验之上。应该这么说，在我一生所遇到的男性中，还从来没有一个人像他这样细致耐心周到———而我认为这是天性，更加可贵。

　　在他一个个为我罗列的景点中，他提到一个名字，我愣了一会，突然醒悟，"塞万提斯"，我叫起来，天哪，怎么把他忘了。我说，北大有他的塑像呢，西班牙政府送的。是的，对方知道，记得。真好，在这么一个狭小的范围内，我们都找到了共同话题,这样的相遇真是愉快。马德里有很多去过中国遭遇过中国的人,但这一次短暂的停留中,我们遇到彼此。

提到塞万提斯,更动心的是他后面的人物——堂吉诃德,三毛的愁容骑士。第一次听到用愁容骑士形容堂吉诃德是从三毛这里,多么的形象,这个到处打抱不平的人有着多么不合时宜的古道热肠。他和这个世界格格不入,因此他注定是忧愁的。又是三毛,这个城市,我怎么能避开她呢,在我的阅读体验和对人生的兴趣点中,我无法绕开这个中国女人。

同游的过程中我也帮他温习了中文。离开中国一段时间了,他的中文忘记了很多。作舍友的时间里,每天早上起床后我都会和他说中文,半逗他玩半是认真。他总会烦恼地摇摇脑袋——说英语,他说,说英语。

▼仿若中央公园的马德里最大的公园,于是走在里面的时候,我就想着自己走在中央公园。

西班牙是欧洲的大国，就面积而言，马德里亦不是小城市，但是所有的景点还是一天全部走过。在暖暖冬日的阳光和风中，我慢慢走在安静小街上，问问走走，找到了在小巷中的塞万提斯安息的教堂。虽然也仿若马德里和西班牙的名片，但对普通人的生活可有可无。那一刻的感觉是激动但更多是缠绕，因知道它在这里，因早已知道所以没有意外。但多么的感伤，曾经带给我那些体验的女人早已不再，我不断阅读她的作品的时光也早已过去。

半下午的时候到了 Ernesto Mentez（巴拿马男孩的名字）介绍的博物馆——Museum Parco，正有一场奥古斯都·雷诺阿的画展。博物馆后面是马德里最著名的公园，用 Ernesto 的话说，很像纽约的 Central Park，于是走在里面的时候，我不断地想中央公园就是这样的。大、很多树、很多树间道路，一些雕塑——欧美城市去不掉的陋习，比公厕泛滥多了。有湖，夕阳照过来的时候很美，配上几个街头音乐家吹奏优美的曲子，傍晚时散散步感觉很不错。

晚上在旅馆他问我，有迷路吗？我说没有，他做手势表示很棒。早饭后分手时他一再叮咛若是迷路了打电话给他。应该告诉他，"棒"在以前的中文中是粗俗的词，绅士不用的，淑女就更不会用了。就像早餐时我们谈到老子，这个在西方比孔子更受尊崇的中国人。他说老子是 Lao Zi 发音，Zi 是轻声。我告诉他两者的区别，后者是粗话，Gentleman 绝不会说的。

旅馆的 Reception 无影无踪，章程里写着零点下班到第二天早上十一点。虽然有点不方便，但既然令人讨厌，不在更好。只是有一点，每个人为钥匙交了 5 欧元押金，如果想在十一点之前退房就变得不可能，可是万一一大早赶路呢？

马德里降温，大风天，想起三毛写过的马德里的冬天。她和荷西坐在公园的长椅上，带着帽子，厚厚的围巾遮住脸。她喂着鸽子，荷西问她有什么打算，她说去撒哈拉。荷西当时没说什么，后来就告诉她，申请了一份去撒哈拉的工作。

马德里
Madrid

2010 年的马德里，没有荷西，没有三毛，只有我早早出门去买晚上到里斯本的汽车票。临出门前小男孩还在睡觉，我担心回来时他已离开，留了字条放在他的衣服上，上面写了我的名字和邮箱，请他务必和我联系。

走在路上的时候，地铁票不小心被风吹到地上，一时没顾得上捡，眼看风会把它吹走，旁边一个小伙子很快跑过去捡起票送到我手里，双手送上——这就叫献殷勤。可是多好啊，身为女性受到男人如此的照顾，哪个女人会不喜欢不开心，真担心回国会不适应。

买了晚上十点的票，我还有一天的时间在马德里，夜里又可以在车上睡，这是最合适最完美的。所有旅游的老手都知道，尽量坐夜车，一举两得。当然，前提是能吃苦，但不用很多，能吃一点点苦就好。

这一天我们的计划是去马德里大学，Mentez 要去那里的时尚博物馆。他是爱打扮的男孩，每日衣着精心搭配修饰。我总笑话他像女生，觉得我们俩在一起我比较像男孩。但是，去博物馆总比挨家逛名牌店强。我则是去追寻三毛的脚步，记忆里她踏足过马德里大学，这是我此刻唯一能想到她可能去过的地方。马德里大学本身很值得一去，在欧洲大学校园普遍面积较小情形下，马德里大学不但有校园，而且学院众多，面积很大，这是 Mentez 告诉我的。

去大学城一路搭乘地铁，见多了欧洲的地下铁，马德里的还是让我吃惊。六号线就像战壕，我会想起西班牙内战。把这感受说给 Mentez，他问我为什么，你怎么知道？我不明白他的意思，他就不断强调"How do you know？"以为我不懂，改成中文"你怎么知道？"。我说我坐了呀，我看到了嘛。奇怪，是谁的思维出了问题。

大学城在城市比较边缘的地方，风更大一点。冬天的风，太阳光中的风，冷和热各不相干。到了时尚博物馆门口，我说帮我照张相吧，虽然当时不曾有这里，但只要是马德里大学城,也许就是三毛的故地。他帮我照相后,我们拥抱告别,而他道别的话每一次都是同样一套,我又笑话他。

回到市中心时间尚早,在街上晃来晃去。在一家商店的明信片上看到马德里有堂吉诃德的塑像,且就在我住的旅舍旁的 Plaza Espania。在这里住了两天,居然一点没有察觉,又差一点错过好地方。回到旅舍附近,发现塑像所在的广场搭建了很多棚子,那是未来的圣诞市场,这就是我未发现塑像的原因。

不喜欢这个雕塑,太写实了点,除了还是瘦瘦的,没有一点愁容骑士的样子。堂吉诃德就应该是单薄带一点童稚的线条,就像他的思想,正因为他是这样的,才做出那些异想天开的事。

马德里国际汽车站上车的人不多,半个小时后,到了一个连接站,车上全部

马德里大学城的雕塑,写满了任性和随意。

人下车,完全多此一举的愚蠢规矩,因为后来终于能上车的时候还不是我们原来的人马先上,又不看护照和车票。

一时搞不清状况,问前面的女孩怎么回事,她说她也不知道。下车后我们就站在一起,在冷风中边抖索边说话。她是美国人,大学毕业之旅,已经出来五个月了。她不住旅舍,时间太长,什么样的旅舍都付不起。她住人家的沙发——沙发冲浪网成员。聊起去过的地方,她说伦敦是不错,待三天以下时间不够,但最多五天,超过五天就是浪费时间。她说"waste time"的语气让我大笑,真的很有兴趣知道为何待超过五天就是浪费时间。

当然我很能理解,恐怕欧洲大部分城市待超过五天都是浪费时间。

这一站上车的人极多,且摆出一副城际长途客车的样子,意思是很像中国县

▶ PASODOBLE,一种两步斗牛舞。

卡洛斯三世街 ◀

塞万提斯安息之地

光可鉴人的警车

城之间的长途车的状况。那些去里斯本的人让我感觉到里斯本和所有我去过的国家的不同,要更落后一点、更为贫穷一点。车上听到三个中国男人说话,典型的底层话语,有些多事地替他们悲哀,也替我悲哀。他们说话的声音不算很大,但我坐在前面听的清清楚楚。相信满车的人只有我知道他们在说什么、想什么、渴望什么,而这一切他们能在里斯本找到吗?

PORTUGAL

"他们早已没有太多的战斗力,相当安逸地享受小情小调。"

葡萄牙人不似法国人那样,
充满革命的浪漫主义和激情,
也不像希腊人那样总给人粗糙的感觉,
他们早已没有太多的战斗力,
而且相当安逸地享受小情小调。

里斯本

八点半到了旅舍，赶在我和Reception约定的时间内。在马德里预订了这个旅馆，Reception回信，他看到我的预订，但希望我至少告诉他一个大概的时间，因为他那一天有一个课程——仿佛是什么工艺坊的课程。那时已经买了票，所以通知他会在早上八点到十点之间到，总算没有食言。收到他的回信时对这间旅舍和Reception本人就充满好感和好奇。这更像一对一的私人通信，随意亲切，不似一本正经公事公办的客人和服务业者之间的关系。

旅舍在里斯本老城区的小山上，周围环境一如主人的描述——有一座教堂和一个小花园——Johnies Place，也是旅舍的名字。旅舍的房子看上去历史悠久，老式的葡萄牙风格，第一眼看到就很喜欢。白墙、绿色木门、门前的地缝里长出小花，都市和乡村的情致合二为一。这样的地方我想不来，但我若有想，真实的情景一定比我能想到的更好。

按门铃，开门的是个三十来岁的年轻男子，就是旅舍的Reception。我大概介绍下自己，问他是你给我回信的吗？你说要去上个课？他说是的，是我回信给你。然后他就带我看房间，告诉我睡在哪里，给我地图，告诉我去哪里玩，给我他的手机号码。我问需要什么入住手续呢，是否要看护照？他说不用不用，什么都不用，只需要把余下的住宿费付了就好。第一次住不需要看证件的旅舍，第一次真正有了在地球上自由移动的感觉。

▶ 周末跳蚤市场上的箱子

▼ 为什么会有这面墙？哪里来的想法？还有墙上不同语言写下的——里斯本，宽容之城。

▼ 曾经也是扬威海上的国家，如今到处可见这样图案的装饰物。

Reception名叫Pedro Lopes，能说一口流利的英文和法文。他独自一人经营这家旅舍，有令人愉悦的性格和聪明的脸，周身散发出迷人的气质，足以令任何人立刻喜欢上他。

Anyway，好的国家产生好的国民，好国民造就好的国家，我的Reception就证明了这点。当然他不能代表所有的葡萄牙人，但是，他至少说明这个城市和这个国家的环境下可以成长出怎样的国民，而他，足以令所有第一次来这里的人喜欢这个城市和这个国家。

而里斯本的阳光，就像令我瞬间爱上这里的电影《里斯本物语》里的那句台词"阳光很灿烂的时候，连声音都发着光。"这太阳下的城市，看一眼都会爱上。

沿着记忆中的路下山，下面的道路是陌生的，但我不担心，随便去哪里都好，只想看看这个城市。里斯本的华人商店很多，而且和其他欧洲国家大多开餐馆和超市不同，这里是一些或许可称为商场的有点过时的店铺。仿佛是很多年前就来这里。第一个来里斯本的中国人是谁？哪一年从哪里来？为什么选择里斯本？早期中国人背井离乡大多为了生计，就算不为生计也绝不会是因为里斯本的阳光。想起夜间汽车上的中国人。而就算到了今天，葡萄牙、里斯本也都是遥远的名词。葡萄牙——这有趣又古怪的翻译，译者何人？慈禧太后曾经替所有疑惑的中国人提出过一个问题——西班有牙还可以理解，葡萄怎么会有牙呢？

看到宽容之墙的时候很震惊，这么美、这么有智慧、有胸怀的一个所在。为什么会有这面墙，哪里来的想法？还有墙上不同语言写下的——里斯本，宽容之城。美丽的文字、美丽的话语。立刻会想到房龙的《宽容》。宽容之墙很短，不会超过三十米。喜欢它不仅因为它本身的美，更因为这面墙下永远坐着很多人——贫穷的人。于是这道绝美的风景就充满了象征意义也相当讽刺，就和这个世界上许多堂皇的道貌岸然的东西一样，成为一道摆设，无心也无能力真的去做什么。

里斯本
Lisboa

► 阳光下发光的房子

里斯本
Lisboa

如果人类真的足够宽容，哪怕仅仅是愿意去宽容，从而去学习宽容，这个世界都会美好很多。但事实，基本是相反的。这本该受到宽容对待的人群，他们心中也是一样没有宽容。好的品格，一般是基于两个条件：一是很高的自觉，二是天性，两样都极其难得。

拿出相机拍坐在墙下石凳上的黑人妇女。头一张她们没怎么发觉，但照的不好，于是再仔细对焦照第二张。她们便站起来要走，而且不友善的样子，眼神和表情都有不悦和敌意。我知道自己这么照有侵权之嫌，但照相这回事，不侵权就没有照片了，也就顾不得礼貌规则什么的。照了相片我赶紧离开，她们不至于攻击我，但离开是好的选择。

里斯本是欧洲大陆最西边的首都，再往下走，就到了港口，接壤大西洋的河边。世界上的水循环相通，因此，我觉得和站在大西洋边并无不同。我，正站在欧洲大陆最西端，在世界的某一个尽头。

和欧洲许多国家一样，葡萄牙面临经济问题，于是在大西洋边的我，就有幸遇到了一次游行。参与者大多是中年人，无非是退休制度和福利工资之类。葡萄牙人不似法国人那样充满革命的浪漫主义和激情，也不像希腊人那样总给人粗糙的感觉，他们早已没有太多的战斗力而且相当安逸地享受小情小调。

回到市中心天已经黑了，因为约了晚上八点看演出，所以计算好时间赶回旅舍。旅舍附近的一家叫做 TAVERNA D'EL REY 的餐厅每天晚上有表演，我请Pedro Lopes 前一天就帮我安排好的。

Pedro Lopes 告诉我去餐厅的路线，他说很好找，十分钟的路。实际是不难，但我这路痴还是问了好些人。这也是我行走的秘诀，因为问比找自己琢磨通常来

▶ 月光中的青铜骑士

里斯本
Lisboa

的快，而且有更多和当地人说话的机会。

演员已在餐厅里，两个头发花白的男人和两个中年女人。演出快九点才开始，两个男人都弹乐器，但一个是主唱，至少五十多了，可是声音像二十岁的少年，清澈明朗。想他年轻的时候，一定迷倒过很多女孩。就是到了今天，单听他的歌声，也令人着迷。何况他还有一张不难看的适度经历了沧桑的脸，相当有魅力。

看演出的时候一直想他靠此为生吗？虽然不坏，可是总觉得落魄悲凉些，就像所有老去的流浪艺人的故事那样，没有一个不是凄苦的。

两个女歌者都四十多岁，一个柔和，一个粗犷，音质和歌声也都非常美。但在歌者中有个奇怪的现象，大部分时候男人的声音比女人的有诱惑力，民歌尤其如此。是否因为男人身上始终有种孩子气的东西？不能解释。

最后一首歌是男女对唱，如果是那个比较柔和的女人来唱女声应该更合适，粗犷女子的声音显得苍老了些，不很搭配男歌者的嗓音。Fado大多唱乡愁，所以演绎的估计不是什么情侣关系。这一晚前后唱了十几首歌，歌中的内容丝毫听不懂，但民歌，无非乡愁、爱情、离别。乡愁通常更广大些而足以涵盖所有内容。

回去的路上看到环卫工人在清垃圾，里斯本的这项工作原来是在半夜进行。但是，零点已过，新的一天开始了。

将离开的前一天晚上，旅舍里几个来自西方国家的年轻男女聊天听热闹的音乐，电脑声音开的挺大，闹。我才不管，坐下看自己想看的，关小他们的音乐。

后来看《她比烟花寂寞》，杰琪身穿华而睡袍拉埃尔加大提琴曲那一段我把声音放大，一段要命的演奏。我是故意的，恶作剧似的心态，仿佛要让这声音杀死人。反正他们也意识不到我有小小的不悦。

晚些时候,我在房间门口遇到他们其中的一个女孩,她问我,你喜欢古典音乐?我听到刚才的音乐,你是在看电影吧。我说是,喜欢古典音乐。她说她的父母都Play古典音乐,她小时候也学过,但没有坚持。她说——喜欢古典音乐很好。孤身一人在异国的旅舍里,有人问你是否喜欢古典音乐,真像小说中的场景。而关于音乐的对话令我想到米兰·昆德拉的《被背叛的遗嘱》。

▼当地一个很有名的Fado歌手。

肖潇 设计指导
北京科技大学工业设计系讲师
毕业于北京电影学院
研究方向为动画及数字媒体设计
旅行爱好者
以自由行走方式走过欧洲八个国家

李晓萌
北京极品无限科技发展有限责任公司2D游戏特效师
本书周边产品设计师
『游戏特效、视觉传达设计』

于蕾
北京创业之路咖啡有限公司设计总监
本书书籍装帧设计师
『UI设计、视觉传达设计』

『她们』